「ジローはわたしのパンを
食べるのが似合ってるんだよ。
オメーの弁当なんかお呼びじゃねーっつーの」
きたむらとおる
喜多村トオル
食

天神ユミリ
あまがみゆみり
「ほほう、自信満々だ。」
「君がパンを選んだ愛情は、ぼくがお手製の弁当にかけた愛情に勝る、と言いたいわけだ。」
獅子、兎を搏つ

図書館。
ぱらり、めくる、委員長を盗み見る。
キレイに通った鼻筋。きめの細かい肌。
うつむいて本に視線を落としていると、
濡れたように艶のある長いまつげが
いっそう際立ってみえる。
予期せぬ委員長とのデート……？

「…………するわ。
お裾分け」
ひかわあおい
氷川アオイ

全てを支配するのは
想像の力──
夢の世界も、
あわいの世界も、

現実

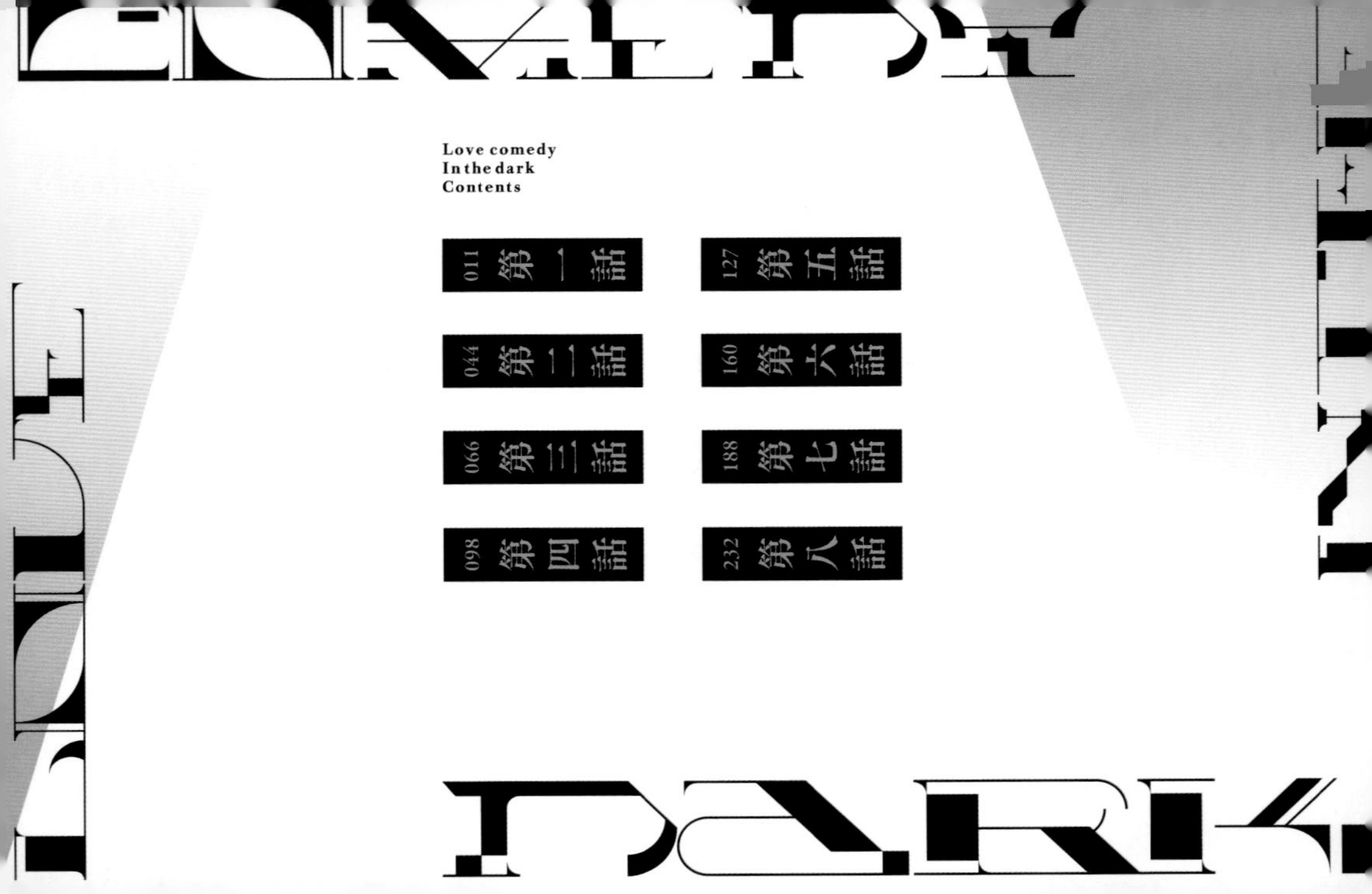

Love comedy
In the dark
Contents

ラブコメ・イン・ザ・ダーク２

鈴木大輔

MF文庫J

口絵・本文イラスト●tatsuki

第一話

喜多村トオルの件が一段落した。

ひどく長かった気がする。でも冷静に数えてみれば、事の始まりと終わりまでたったの数日しか経っていないのだ。

天神ユミリが転校してきて、喜多村トオルと一悶着あって、一夜の世界旅行があって、四人のクラスメイトを口説き落とせとかいう謎の指令を受けて、喜多村にあちこち連れ回されて、ウチの家にまで押しかけられた上になんだか艶っぽい展開にもなったり、かと思えば喜多村が怪物に成り果てて、現実でも夢でもないあわいの世界とやらに連れていかれて、僕は死にかけ、ユミリも死にかけて、最終的に僕と喜多村はこれまでとは少しだけ違う新しい関係を始めることになった。

たったの数日？

信じられない。体感では数日どころか数年、なんなら一生分ぐらいの時が流れた気さえしているのに。

でも紛れもなく、これは僕の身に起こったことだ。その日の昼は、喜多村が僕の買ったパンを食べ、僕は喜多村が買ったパンを食べた。お互いにパシりパシられて「プレゼント交換みてーだな！」と喜多村は上機嫌だった。

夢でも幻でもない。

それは確かに、現実に起きた変化だ。

僕はとても不思議な気持ちになった。

停滞して腐りきっていた、僕の人生。

何もかもがバカげて見えて、呼吸をするのも退屈で、モテもしなければ将来の芽が出そうにもない、陰鬱な時間を過ごすだけだったはずの高校生活に打ち込まれた、それは何かしらの楔であり、救いであった……ように思う。たぶん。

繰り返すけど、たったの数日だ。

僕以外の誰かから見ればちっぽけかもしれないけど、他ならぬ僕にとっては青天の霹靂、驚天動地の大事件。

「明日も一緒に食おーぜ？」

喜多村からそう提案されても、僕は断らなかった。

†

そして迎えた今日。

僕は学食でお昼ごはんを食べている。

「いやー！　美味しいなあ！」

食堂に空々しい声がひびきわたる。

「特に美味しいのは——そう、これだな！　このエビフライ！　揚げ具合が絶妙だよね、揚げ具合が！　お弁当だから冷めてるはずなのに、うん美味しいよホント！」

実際、美味しくはあるのだ。

何の変哲もないけど、仕込み、揚げ、油切り、それぞれの完成度が高い。

たぶんだけど手間暇がしっかり掛けられている。

「ありがとうジローくん」

お礼の言葉が返ってきた。

僕のとなりに座っている天神ユミリから、である。

「このぼくが初めて作るお手製のお弁当だからね、よろこんでもらえたら重畳だ。ちなみに肉団子も力作だからぜひ食べてみて」

「おうわかった。でもその前に——」

僕はおもむろにパンをかじった。

「このコロッケパン！　こっちもいいね！　ソースがたっぷり絡んでてさ、コッペパンのさっぱりした感じにこってり感が合わさって、相性がばっちり！　うん、こっちも最高に美味しいな！」

「当然だコノヤロー」

不機嫌そうな返事が返ってきた。

僕の正面の席に座っている喜多村トオルから、である。

「ジローてめー、パンくずひとつ残すんじゃねーぞコラ？　わたしが買ってきた、オマエがどんなパンが好きそうなのか真面目に考えて、購買に真っ先に並んでゲットしてきた、人気商品だからな？」

「そりゃもちろん！　いや美味しいなあ、今日のお昼は人生でいちばん美味しいなあ！」

食堂に空々しい声がひびきわたる。

空々しい声の発生源は僕である。悲しいことに。

僕とユミリと喜多村の三人が同じテーブルを囲んでいる状況に、詳しい説明は要らないだろう。

ユミリは今日、学校に復帰した。

あわいの世界で受けたダメージなんて、まるで嘘だったかのように、彼女はピンピンしていた。死にかけのボロクソだったあのビジュアルは、一体なんだったんだろう？　手足バキボキで内臓はみ出てたじゃんか。いくらあっちの世界と現実は別物だと言ったって、数週間とか、せめて数日ぐらいは時間が掛かると思うじゃんか。それがなんで今日いきなり復帰なんだ。

それもお手製の弁当まで持って。

喜多村とふたりでパンを食べる流れになってる時に。

しかも学生食堂で。多くの生徒たちが集まるシチュエーションで。

「心外だね」

僕の表情から心を読み取ったんだろうか？

ユミリはくちびるを尖らせて、

「そもそもジローくんがぼくとの恋人関係に疑問を抱いている様子だったから、こうしてお弁当を持参したんじゃないか。正式にお付き合いしている男女の必須イベントだよ？もっとむせび泣いて喜ぶべきじゃないのかい？」

「いやいや。そうは言うけどね」

「オイ転校生。ジローが迷惑してるだろーが」

喜多村が身を乗り出してくる。

「ジローはわたしのパンを食べるのが似合ってるんだよ。オメーの弁当なんかお呼びじゃねーっつーの」

「おや、それこそ心外だね。購買で手に入れた既製品のパンと、恋人が作ったお弁当の、どちらが魅力的なのか。考えるまでもなく明らかだと思うのだけど？」

「うっせーボケこら。ジローが食ってるパンはな、わたしが真面目に考えて選んだパンなんだよ。不味いわけがねーんだよ」

「ほほう、自信満々だ。君がパンを選んだ愛情は、ぼくがお手製の弁当にかけた愛情に勝る、と言いたいわけだ。それほどまでにジローくんを愛していると。あるいはそれほどまでにジローくんとの関係が進んでいると？」

「ポッと出の転校生に話す義理ねーっての！」

ユミリの挑発。

喜多村のヒートアップ。

そしていたたまれない僕。

ユミリはともかく喜多村さん、あなた頭に血が上って忘れてませんか？　食堂に集まってる皆さんがみんなこっちに注目してますよ？

「またしても心外だ」

ユミリは肩をすくめる。

欧米人っぽいオーバーアクション。

この場を丸く収める気なんてこれっぽちもない、そんな意志を感じる仕草。

「ポッと出とは何を根拠にそう言ってるんだい？　喜多村くんはぼくとジローくんの何を知っているというのかな？」

「知らねーよ！　つーかオマエだって、わたしとジローの何を知ってんだよ！」

「概ね理解しているよ。へたれヤンキーとこじらせ陰キャの、幼なじみ以上恋人未満な、よく言えばじれったくて、悪く言えばあまりにも遠回りな関係だとね」

「んだとテメー？　ケンカ売ってんのかコラ？」

「その一方でぼくとジローくんは特別だ。誰の手も及ばない、深いところで繋がってる」

「はあ？　何だそりゃ？　スピリチュアルな何かの話をしてんのか？」

「当たらずといえども遠からずかな」

「おいおいマジか。聞いたかジロー？　コイツなんかヤベーこと言い出したぞ？　もしかしてヤバい宗教の人？　引くわー」

小馬鹿にした様子でそっくりかえる喜多村。

僕はノーコメント。夢の世界やあわいの世界における喜多村の振る舞いは、知っていても言わぬが花だろう。

「そうは言うけどね」

ユミリはずる賢い猫みたいに目を細める。

そしておもむろにキスをした。

もちろん僕にだ。

くちびるとくちびる。ぬるりと舌が入ってくる感触は、しかしすぐに離れて。

「スピリチュアルな意味だけでなく、こうして現実にも親密な関係を築いている」

「……な、てめ、また……もう何度目……ッ！」

「つまりココロもカラダも繋がっている。ポッと出の転校生なのは事実だとしてもね。で？　君はどうなんだい？」

「わ、わたしだって、ジローとは、そう——幼なじみ！　幼なじみなんだよ！」

「幼なじみね。なるほどブランド力のある関係性だけど、それはぼくとジローくんの恋人関係に何かしら影響することなのかい？」

「そりゃするだろ！　お互いの家族のことも知ってたりするし！　小さい頃の思い出とかもあるし！」

「というかぼくの知る限り、喜多村くんの方こそポッと出の幼なじみのように見えるんだけど？　少なくとも君、これまで幼なじみとしての活動実績はゼロだよね？」

「うっ。そ、それは——」

「ちなみにえっちなことはしたのかい？」

「は⁉　何でいきなりそんな話になるんだよ⁉」

「大事な基準だろう？　ココロだけでなくカラダでどのくらい繋がっているか、親密度を測るいいバロメーターだ。というわけで、したのかい？　してないのかい？」

「し、してないけど！　でも押し倒したことはあるから！」

「未遂だろうそれって？」

「で、でも！」急に小さくなる声。「一応キスは、したし……」

「その程度じゃ追いつけないよ君。すでに二回キスしてるところを見せつけられて、今もまたこうして見せつけられて、それでもなお手をこまねいて見ているつもりかい？　こんな公衆の面前で恥をかかされて、それでもまだ指をくわえて黙っていると？」

「ぬぐ……んぐぐ……！」

顔を真っ赤にして、喜多村は肩を震わせている。

僕の方を見てやけくそ気味に叫ぶ。

「おいジロー！」

「はい」

「今からえっちなことしていいですか!?」

「いや何言ってんの」

僕は呆れる。

乗せられすぎだよこの人。こんな安い挑発でカッカしなさんなって。

天神ユミリと関わりを持つってことは基本、フル回転してる洗濯機に頭から突っ込んでいくようなもの。引っかき回されるのは前提。もっと気楽にいこう、気楽に。

「——今日のところは！」

椅子を蹴立てて喜多村(きたむら)が立ち上がる。

「このあたりでカンベンしてやる！　これで終わったと思うんじゃねーぞ天神(あまがみ)ユミリ！」

「承知した。首を洗って待っているよ。涙目で言われても迫力ないけどね」

「おいジロー！」

「はい」

「わたしのパンも残さず食えよ⁉　購買のおばちゃんが一生懸命に売ってるパンだからな！　それと明日もパン交換！　わかったら返事！」

「はい」

「じゃあな！　せいぜいちちくり合ってろバーカバーカ！」

喜多村は逃げるように食堂を出ていった。

敵前逃亡。捨てゼリフを残していっただけまだマシか。

「カワイイねえ」

喜多村の後ろ姿を見送って、ユミリが笑う。

「なあユミリ」

「なんだいジローくん」

「お前、楽しんでる？」

「なんのことかな？」

　すっとぼけやがった。

「あのな、むやみに波風立てるのはやめてくれ。こちとら学校でのカーストは最下級で、それでもそれなりに学校生活やってんの。ただでさえいたたまれない立場をこれ以上悪くしないでほしいです」

「うーん、でもこれは仕方ないよ？　だって喜多村くんはぼくにケンカを売っている上に、ジローくんを横取りしようとしてるんだから。釘のひとつやふたつ打っておくのは当然の権利だと思うけどね」

「……お前、どの口でそれ言う？」

　氷川アオイ。

　祥雲院ヨリコ。

　星野ミウ。

　そして喜多村トオル。

　四人の女を口説き落としてほしい、なんて無茶な指令。出してくれたのはどこのどなた様でしたっけ？

「それはそれ、これはこれ」

ユミリは涼しい顔で、

「喜多村くんのような愛人、側室、あるいはセフレといった役どころは今後、雨後の筍みたいにたくさん出てくるだろうけど。むしろそれだけにぼくは、ぼくがジローくんにとってのファーストチョイスであることを――正妻であり第一夫人であることを、わかりやすい形にして示す必要があるわけだ」

「お前、割とものすごい発言してるけど、自覚ある？」

「ぼくのことはこの際、さしたる問題じゃないさ。問題はジローくんだ」

「僕？」

「そうとも。最近どうだい？　気苦労が多くなった代わりに、君のルサンチマンはわずかながらも満たされてるんじゃないかな？」

「うーん……」

モテないひがみ。

うまく世の中を渡っていけない、人生を乗りこなせない苛立ち。

幼稚な自我と自尊心。

僕の中にあるそういった要素こそが、僕が自由気ままな夢を見ることができるようになったきっかけであり、ユミリに言わせれば世界の危機であり、喜多村があわいの世界で怪物になった原因である。らしいのだけど。

四人の女を口説き落とせ、という指令は、世界のお医者さんを名乗るユミリによる、いわば処方箋でもあるのだけど。

そして確かに喜多村との関係は、一定の進捗というか、決着をみたわけだけど。

「満たされてないな」

しばらく考えてから僕は答える。

「というか、それどころじゃない、っていうのが正直なところか。とにかくいろんなことが起こりすぎて、うまく自分の中で消化し切れてないっていうか。衝撃的なことが多すぎるんだよ、とにかく近ごろは」

「であれば悪い傾向ではないさ。ショック療法も立派な治療法だよ。事実、君は夢の中でよこしまな妄想を実現しているヒマがなくなっているだろうから」

確かに。

たとえば昨日や一昨日(おととい)なんかは、夢を見る間もなく、泥のように眠りこけてしまった。

今朝とかもうっかり寝過ごしてオカンに叩(たた)き起(お)こされる羽目になった。

僕の夢は世界を浸食しうるのだという。

夢を見なければ、少なくとも問題を棚上げにはできる。なるほど道理ではある。

ってことは、たとえば死ぬほど運動して指一本動かせないくらい疲れ切ってしまえば、夢を見ることがない、問題はすべて解決、ってことなのか？

……という疑問を口にしてみたら「そう簡単な話じゃないよ」と笑われた。

それもそうだ。そもそも天神ユミリに言わせれば、彼女が僕の前に現れた時点で『簡単な話じゃない』のだから。

と、その時。

ポケットに入れたスマホがぶるぶる震えた。

「おや。誰かからメッセージかな？」

ユミリがこっちを覗き込むような仕草をする。

僕は反射的に身構える。

「プライバシーは尊重するとも」

ユミリは一笑して、

「ぼくはその手の束縛をするタイプじゃない。気兼ねなくメッセージの内容を確認してほしいね。ささ、どうぞ遠慮なく」

だったらお言葉に甘えよう。

ユミリに見られないよう、スマホの画面を確認する。

ＬＩＮＥにメッセージが来ていた。

喜多村からだ。

『明日はわたしも弁当作ってくるから』

『転校生に言っとけ　〝戦争〟の始まりだゴルァ　ってな』


……だそうだ。


「いいね」

ユミリに伝えると彼女は笑って、

「そういうの嫌いじゃないよぼく。ふっふっふ」

「……手加減はしてやれよ？」

「ライオンはウサギを狩る時も手を抜かない。有名なたとえ話だね」

うそぶくユミリだった。

いずれ血を見ることになるんだろうか？　その光景を想像して僕は背筋が寒くなる。

と同時に別のことも考える。

簡単じゃない話。複雑で入り組んでいて、すぐにはクリアにならない現状について。

ユミリには伝えてないことがある。

先日、僕のＬＩＮＥに表示された、差出人不明のメッセージ。


『気をつけろ』

『天神(あまがみ)ユミリは嘘(うそ)をついている』


……いかなるシステムによるものか、あるいは何らかのバグかエラーだったのか。

その唐突で不穏なメッセージは、すぐにログから消えてしまった。

目の錯覚か、それとも夢の続きでも見てるのか——あれこれ可能性を考えてはみたけれど、僕の記憶と直感はそれらをすべて否定する。

間違いなく僕は見た。

あれは確かに僕へあてたメッセージで。

そのメッセージを無視するのも、見ない振りをするのも、賢い選択ではない気がする。

なぜならその忠告を送ってきた人物に負けず劣らず、天神ユミリという存在は謎に包まれているから。

「悩みごとかい？」

ユミリがこっちの顔を覗(のぞ)き込(こ)んでくる。

「何かあれば相談に乗ろうじゃないか。大船に乗った気で、何でもぼくに言ってほしい」

「……僕の悩みはだいたいお前が原因なんだが」

「おっぱいでも触ってみる？」

「なぜそうなる」

「男性の悩みの九割は、それで解決するそうだよ」

「マジかよ。だったら世界平和なんて簡単じゃん」

「試してみればいいさ。ほら」

むふんっ、と胸を張るユミリ。

仕草そのものは子供っぽいんだけど、なにせフェロモンが服を着て歩いてるような女だから。むやみにエロい。張りがすごい。ボリュームがえぐい。視覚の暴力が脳みそを直接揺さぶってくる。

「試さねーよ。アホなこと言うな」

「おや。なぜ試さないんだい？」

「学食だぞここ。初めからずーっと、あちこちから視線さされまくりなんだけど」

「じゃあここじゃなければいいんだ。場所を変えてみる？　校舎裏とか、保健室とか」

「場所を変えればいいって問題じゃないよ」

からかってくるユミリ。

その都度あしらっていく僕。

女って卑怯（ひきょう）だと思う。美人は特に。

天神ユミリからこんな風にじゃれつかれて、心の底から本気で嫌な気持ちになる男なんて存在するんだろうか？

モテるって、こういう感じなんだろうか。

僕ごときが抱いているルサンチマンなんて、これだけで跡形もなく消えてしまいそう。

いや消えないんだけどさ実際は。消えるなら本当に話は簡単なんだが。

「ほらほら触ってみるといい。何なら揉んでみてもいい」

「なんでだよ。揉まないよ」

「本当に〜？　本当にそれでいいのかい君？　チャンスは何度も訪れるとは限らないよ？

もしかするとこれが人生で最後の機会かもしれないよ？」

「いやだから揉まないって——」

「そこの二人」

いきなり声をかけられた。

僕はびくっ、となって声の方を向く。

テーブルのそばに女子生徒が立っていた。

「いい加減にしてもらえるかしら。ここ、学食なんだけど」

冷たい声。

まるで氷の刃でどてっ腹をえぐってくるみたいな。

僕の全身がコンマ一秒で張り詰める。

氷川アオイだ。

ウチのクラスのムカつく委員長。

僕が夜ごと見る夢の中でハーレム要員にしていた女、その一。

「やあ失礼」

あっけらかーん、と。

なんかそんな擬態語が聞こえてきそうな調子で、ユミリはあいさつする。

「察するに彼女は、ぼくとジローくんが公衆の面前で、それも清く正しくあるべき学舎(まなびや)でいちゃついていることにクレームをつけに来ているんだろう。この学校では問題行動だったかな？」

「わかっているならやめてもらえる？」

「うん。善処しよう」

「あなた、前にも同じ答えを返したわよね？　転校初日にも公衆の面前でキスをした時、確かに氷川(ひかわ)は聞いたわ。クレームをつけた氷川に向かって『善処しよう』とあなたが口にするのを」

「うん。言ったね」

「氷川が言ったことを無視してる？」

「無視はしていないさ。その証拠に、ぼくはジローくんと三回しかキスをしていない。もしも氷川くんのクレームがなければ、もっと自由に、自在に、ぼくは行為に及んでいたことだろう。つまり君のクレームは十二分に効果を発揮している」

「物は言いようね」

「解釈に個人差があるのは仕方ないさ」

ユミリはぬけぬけと言い放つ。

委員長は氷の視線を絶対零度まで下げる。

一方の僕は、半笑いすらできずに固まっている始末。

よくやるよまったく、と呆れるやら感心するやら。ユミリは別格としても、委員長のこの攻撃力は一体なんなんだろう？　誰がどうみたってオーラが違うユミリが相手でもこの態度を取れる氷川アオイは、ちょっと頭おかしいんじゃないかと思う。

そういうところがまたイラッとくるし、たまらなくイイんだけど。

「まあいいわ。氷川は議論しに来たわけじゃないから」

委員長がため息をつく。

それでいったん、凍りついた空気が和らいだ。

「天神さんが問題児であることはとっくに理解しています。校長を含めた先生方が、あなたに極力触れないようにしていることもね」

「へえ、そうなのかい？　まあぼくとしてはその方が助かるけれど」

「天神さんは何者なの？　身内に権力者とかいる人？　担任とか校長のレベルを通り越し

て、理事会まであなたには及び腰のようだけど」

「さあどうかな。ご想像にお任せするよ」

「いいわ」

委員長は頷いた。

さして興味はなかったのか、あくまでも聞いてみただけ、という様子。

僕は察した。この場はこれでお終い、という空気。もちろん大歓迎、こんなタイミングで新展開はノーサンキュー。ただでさえ問題が山積みなのだ、これ以上何かが起きるのは勘弁してもらいたいところ――

「放課後、生徒指導室に来なさい」

無理だった。

まあそうだよなあ。

何かあるから、わざわざ委員長が出張ってきてるんだもんなあ。

「あなたたち二人ともね。氷川にはその権限があります」

†

今さら説明するまでもないけど、氷川アオイは学級委員長である。

容姿端麗、成績優秀。

特定の部活動には入っていないものの文武両道。体育の授業では陸上部の選手とトップ争いができるレベルだし、球技大会のドッジボールでは男子顔負けのスローイングで相手をばったばったとなぎ倒していた。

生徒会長候補と推される向きもあったようだけど、当人は固辞。

単なる学級委員長に過ぎない立場ながら、担任の教師はもとより、学園側からも全幅の信頼を置かれているらしく、実際に校長室や理事長室にも出入りしている姿が頻繁に目撃されている、とのこと。

ちなみに校内テストの成績は、前回が学年二位で、その前が三位。塾やら予備校やらに通ってない勢としては最高の順位だ。次席や次々席に甘んじている理由は当人いわく、『一位(トップ)に興味がないから』だそうだ。これまた当人いわく『頂点を目指すのはコスパが悪い』んだとか。『合理的か否か』が氷川アオイの根本的な価値基準なのだと、これまた風の噂(うわさ)で聞いたことがある。

身長は155センチから160センチの間。

スリーサイズはあくまでも推測だけど、上から87の58の85。パッと見はスリムな方だけど、脱いだらすごいタイプだと僕は確信している。

……やけに詳しいって？

そりゃそうだ。めっちゃレベル高い女だもん。

高嶺(たかね)の花にはどうしたって目が向くんだよ。男はそういう風にできてんの。

でもって自分との実力差を痛感して意気消沈する。そこから負け組が進むルートは大きく分けてふたつ。さっさと諦めて見ないフリをするか、諦めきれないけど実力差をひっくり返せるわけでもなく悶々(もんもん)とするか。

もちろん僕は後者。

ゆえに氷川(ひかわ)アオイは、僕のドリームハーレムのメンバーその一、だったわけで――


「来ないわね」

放課後の生徒指導室。

委員長はポツリとそう言った。

「佐藤(さとう)さんは来た。天神(あまがみ)さんはどこへ？」

「いや。わかんないっす」

「あなた、天神さんの恋人だそうだけど？」

「いやそうなんすけど。いつの間にかどっか行っちゃいました」

本当である。

六時限目の授業が終わるころまでは確かにいた。でも帰りのホームルームが始まる前にはもう姿がなかった。ちょっと目を離した隙にふらりと消えてしまったのだ。

つまりばっくれた。

氷川アオイ学級委員長様の呼び出しを、である。

すでに説明した通り、この委員長は学園側から全幅の信頼を置かれている。生徒指導室に僕とユミリを呼び出す、なんて真似(まね)ができるのもそのためだ。その一点だけを見ても、彼女に逆らうのは危険だと全校生徒が察するレベルだろう。

しかしそこは天神ユミリ。氷点下の女王ごときの呼び出しなんて、蚊に刺されたほどにも感じてなさそうだ。

「まあいいわ」

そう言って、委員長は視線を少しゆるめる。

「予想の範囲内です。今日のところは問題にしない。今から天神さんを探して連れてくるのも効率が悪いでしょうし」

「ハイ。なんかスンマセン」

「次また同じことがあったら、佐藤くんの連帯責任ね」

「マジすか」

「恋人同士なんでしょ？」

じろり。

一瞥で僕を黙らせて、委員長は教科書とノートを開いた。

さすが優等生。わずかなヒマを見つけて勉強をこなすつもりらしいけど、

「あのーすいません」

「何？」

「呼び出しの理由はなんでしょうか？」

「あとで言うわ。その方が効率がいい」

「あ、ハイ」

「………………」

「………………」

「ボーッとしてないで何かやったら？　時間の無駄よ」

「あ、ハイ」

仕方なく僕も教科書とノートを開いた。

勉強になんて集中できる気がしないけど、何もしてないのも居心地が悪い。

まして氷川アオイとふたりきりだ。相手が何てことのない女子だったとしても心穏やかではいられないだろうに。氷川アオイと。ふたりきり。

うわー。

下半身がざわざわしますわ。

机をへだてて向き合っている氷川アオイをのぞき見る。

さらさらの髪。陽光(ようこう)を浴びてまるでビロードのよう。

すべすべの肌。きっとマシュマロみたいな触り心地なんだろうな。

真面目で堅物な印象とは裏腹に、しっかり質量を主張している胸元。制服を引っぺがして中身を確かめてやりたくなる。

切れ長の瞳。オニキスとか黒曜石みたい。あの瞳でニラまれると背筋が凍るんだよな。それでいてゾクゾクしちゃうんだよな。コイツを屈服させたらどんな顔するんだろ、って想像しては、たまらない気持ちになるんだよな。

「何？」

「え？」

「氷川に何か言いたいことでも？」

「あ、いや。別に」

「用もないのにこっちを見ないでもらえる？」

「スイマセン」

こっちが謝っても、委員長は1ミリたりと表情を変えない。

コイツはたぶん僕のことを、養豚場を飛び回る蝿(はえ)の一匹、ぐらいにしか思っちゃいない。

それがまた僕の興奮をアオる。学園ヒエラルキー最下層の僕がコイツを言いなりにできたらどんなに気分がいいだろう。

夢の中では達成できた。委員長にあんな顔やこんな顔をさせて、僕は悦に入った。

じゃあ現実なら？

本当に実現できたなら、氷川(ひかわ)アオイを名実ともに僕のモノにできたなら。その達成感はいかばかりだろう？

……委員長に見られないように気をつけながら、僕はノートの片隅にメモをつける。

あ、ちなみにですけど。

これまで黙っていたし、あまりバレないようにもしていたけど。

僕って割とクズですから。

氷川アオイによこしまな感情を抱いてるからって、あまり引かないでもらえると助かります。まあでもしょうがないよね、コイツは僕のルサンチマンの源のひとつで、ユミリが僕に課しているミッションの対象なんだから。最低なことを承知で正直に言うけど、ガチでヒィヒィ言わせたいです。

まあクズなんで。そういうことも普通に考えますとも。世界の敵だしな僕。

……閑話休題。

本題はメモの方。

僕が置かれている状況。僕がこれからやるべきこと。
ざっくばらんな箇条書きにしていく。

①四人の女子を口説く。一応はそれが大目標。↓喜多村は成功？
②天神ユミリのことを知る。あいつのことをあまりにも知らなすぎる。
③僕自身のこと。僕の力は何なのか。↓自由に夢を見れる、っていうだけでは、どうやらないらしい。↓そもそも僕は本当に世界の敵なのか？　↓ユミリがそう主張しているだけ。根拠が微妙。
④謎のメッセージ。『天神ユミリは嘘をついている』。あのメッセージの意味は？　僕に何かを伝えようとしているのは誰だ？　↓見間違いとか勘違いの可能性は？　↓ないと思うけど断言できない。最近の出来事は常識外れのことばかり。

——軽く一息いれる。

知らず知らずのうちにしかめ面を作っていた。もうちょっとリラックスして考えないとな……いや無理だよな、リラックスしようだなんて。目隠ししながら綱渡りをしてるようなもんだろこれ。今はたまたま致命的なことにはなってないけど、あくまでもそれは結果としては何事もなかった、というだけ。喜多村との一件だって、実際はかなりヤバい状況だったはずだし。

そもそも僕は何に巻き込まれてるんだ？

これからいったい何が起きようとしているんだ？

判断材料となる情報が少なすぎる。そのうえ調べようもない。状況は把握できるけど、状況そのものが謎すぎるんだ。ユミリに頼ろうにも、あいつを本当に頼っていいのかどうかもわからないわけで。

あーあ。

何でこんなことになってんだろ、マジで。

今にしてみると、こじらせ陰キャだった頃の方が、まだマシだった気がする。

自分の裡に閉じこもって呪詛を溜め込んで、発散する機会もなく悶々としていた頃が、ほんのちょっとでも良かったと思えるなんて。

役得もあるけど、メリットに比してリスクが高すぎませんかね？　一歩間違えたら死ぬでしょ、たぶんこれ。

とはいえこうなった以上、僕は僕に起きている何かに、対処せざるを得ないわけだ。

さしあたり進められそうなのは①か？

いや我ながら簡単に言うけど、僕にとっては死ぬほどハードルが高いミッションなんですけど？

喜多村の件は結果として上手くいったみたいだけど、たとえばいま目の前にいる氷点下の委員長。妄想の中でヒィヒィ言わせるには最高の相手だけど、二人きりで対峙してるとプレッシャーがキツいの何の。声は震えそうになるし、視線を一秒でも合わせたら魂まで凍りつきそう。

委員長だけじゃない。ギャルの祥雲院ヨリコは言うに及ばず。星野ミウも学園ではひそかな人気株。ふたりとも僕と比べたら、ゴミと貴族ぐらいの階級差がある。そこへ特攻をかけるのはあまりに無謀。ていうか喜多村だって、僕よりもはるか高みに位置する雲上人なわけで――

「そろそろね」

ふいに。

委員長がノートを閉じて顔をあげた。

何が？　視線で問うと、委員長は勉強道具を片付けて、

「呼び出したのはあなただけじゃないから」

僕以外にも？

ユミリのこと――じゃなさそうだな、雰囲気的に。

「やっほー。来たよー」

その時。

がらりとドアが開いて誰かが入ってきた。

おどろいた。祥雲院(しょううんいん)ヨリコだ。僕のターゲットその三。

「すいません遅くなりました。掃除当番で……」

さらにおどろいた。星野(ほしの)ミウまでいる。僕のターゲットその四。

ギャルと文芸部員。学園トップクラスの美少女ふたり。僕の知る限り、このふたりはこれといって仲が良いわけでもない。なぜ連れだってここに？

「氷川(ひかわ)が呼び出したから」

疑問を口に出すまでもなく、委員長が回答してくれた。

いやでも、なぜ？

ユミリと僕の組み合わせはわかる。でも祥雲院ヨリコと星野ミウは？　今回の呼び出しの件とは何の関係もないよね？

「説明すると長くなるから簡潔に言うわ」

この場にいるひとりひとりを見渡してから、氷川アオイはこう言った。

「ここにいる四人は、今日から仲間です」

……何だか妙な話になってきましたよ？

第二話

「おかしくね？」

喜多村（きたむら）トオルが目をすがめる。

翌日の昼休み。学園の食堂で。

「なんでわたしがそこに入ってねーんだよ？」

「いやなんでって言われても」

「ヨリコとミウはそこに呼ばれてんだろ？　アオイとジローを入れて四人で仲間だってんなら、わたしがそこにいなきゃおかしーだろ？　だってわたしとジローは幼なじみなんだからさ」

「そこはほら、喜多村の幼なじみムーブって、最近の話だから……」

「納得いかねー」

がぶり。

メロンパンを噛(か)みちぎって、喜多村はうなる。

「ジローとわたしはお互いにパシリ合ってる仲なのに。今日だってこうやって一緒に昼飯食ってるのに」

「まあね。そうね」

「あとカワイイやつらばっかり集まってるのも腹立つ。なんでジローんとこなんだよ。それもここに来ていきなりよ。おかしいだろ」

「それはまあ、偶然の悪戯(いたずら)ってやつが、人生には何度かあるもので」

「つーかユミリは？　あの転校生、今日もサボり？」

「みたいね」

「なに考えてんだあの女。あいつだけはマジわかんねえ」

「その点は僕も同意です」

「お前、相手がどんなヤツかもわかってないで恋人同士とか言ってんの？」

それはホントにそう。

核心を突きすぎてて1ミリも反論できない。

でも相手は天神(あまがみ)ユミリだから。

僕の中ではそのひとことで説明が済んでしまう。

「んで？」

喜多村があらためて訊いてくる。

「実際のところ、なんでその面子が？　いきなりチーム組む？　みたいになってんの？」

†

まったく同じことを考えたのは、僕だけじゃなかったらしい。

「……は？　なんで？」

一拍おいてから最初に問うたのは、祥雲院ヨリコだった。

「ここにいる四人が？　仲間？　何の話？」

「正確には五人ね。天神さんも入れて」

「あの転校生ちゃんも？　なぜに？」

「これから説明します」

氷川アオイが着席を促した。

渋々といった様子でギャルは椅子を引く。それに続いて星野ミウも。

「理由はシンプル」

委員長が話を切り出す。

「ここにいるメンバーがそろいもそろって問題児だから。教師たちが手を焼いて、理事会が持て余して、それで最終的に氷川に仕事が回ってきた」

「はあ〜？　何それぇ」

祥雲院が巻き舌ぎみに不平を漏らす。

「そーゆーのって、なんかショッケンランヨーっぽくない？　教育委員会とかにチクったらマズいことになるんじゃね？　つーかウチのどこが問題児なん？」

「文句があるなら上に言って。氷川はただの下請け。クレームを受けても対処できない。それと祥雲院さんはわかりやすく問題児よ。シンプルに成績が悪すぎるし、授業を受ける態度も出席率もひどい」

「まあね〜」

あっさりと祥雲院は認めた。

この女のアレっぷりは実際、校内では誰もが知るところだ。見た目どおりにチャラくてユルいキャラだし、ここ生徒指導室もコイツにとっては見慣れた部屋だろう。前科複数の犯罪者が警察に捕まった時みたいな雰囲気が、言葉の端々からにじみ出ている。

まあそこがイイんだけどな！

スカート短いし胸もでかいし、エロが服着て歩いてるみたいなわかりやすさがある女なんだ。こういう明らかに〝高めな女〟をヒィヒィ言わせてやるのは、世界中の男にとっての夢である。

「あのう」

　おずおずと手をあげたのは星野ミウだ。

「うちはなぜ？　成績はそんなに悪ないと思うんやけど。授業もサボらへんし……」

「理系の成績が極端に低い」

　ばっさりと委員長が斬る。

「総合すると平均的だけどバランスが悪すぎる。文系に進むにしても、ちょっとどうかと思うわ。あなた小説を書いてるのよね？　将来的に作家で食べていくつもりがあるなら、知識の幅は広げておくに越したことはないんじゃない？　作家の引き出しは多ければ多いほど有利になるでしょう？」

「うっ。そ、それは……」

　耳の痛い忠言だったようだ。

　文芸部のエース、すでにプロとしての実績もある星野ミウだけど。作家なんてしょせんは水商売、プロとしてのキャリアを積んでいくためには学校の勉強も必要、と指摘されれば返す言葉もないか。猛禽類に睨まれた小動物みたいにちぢこまって、ただでさえ小さい身体をさらに小さくしている。

　まあそこがイイんだけどな！

　祥雲院とは対照的に、かなり細くて背も低いタイプだけど、華奢なくせに出るところは出ているし、顔が小さくて手足がすらりと長くてめちゃくちゃそそるんだよ。

「やり方は氷川（ひかわ）に一任。責任は理事長が取る」

委員長が重ねて言う。

「ここにいる全員プラス1を更正させる、それが氷川に与えられた仕事。勉強の成績だけじゃなくて生活態度もね。プチ少年院だと思ってくれればいい。一番の問題児はさっそくバックレてくれたけど」

ぐさり。

委員長の視線が僕をえぐってくる。

そんな怒らないでよ氷川さん。僕は別にユミリの保護者じゃないんだから。クレームは当人へ直接お願いします。

「ちなみに氷川には内申点をコントロールする権限もあります。あなたたちの停学や退学を進言する権限もね。あくまでも非公式にだけど、実効性はある。嘘（うそ）だと思うなら試してみればいい。何か質問は？」

じろり。

僕をえぐった視線を、そのまま残りのふたりへも向ける。

祥雲院は辟易（へきえき）、星野はグロッキー、それぞれの反応。委員長の制圧力、高すぎ。

これでただの学級委員だってんだから。生徒会長になってたら一体どんな生徒会運営をしたんだろうな。こういう女こそ早くヒィヒィ言わせてやらねばならん。全世界の男の夢として。

「……委員長が言ってることはまあ、ギリで納得するとしてさ」

ブンむくれた様子で祥雲院(しょううんいん)が言う。

「なんでソイツがいんの？　ウザくない？」

視線が険悪になる。

視線の先にいるのは僕だ。

おいおいそんな目で見るなよ、心が折れるだろ。僕の存在は汚水以下か？

「あの、うちも……」

星野(ほしの)がおずおずと手をあげる。

おいおいお嬢さん。目を合わせないのはまだしも、あからさまに距離を取られるとこっちもさすがに傷つくよ？　同じ文芸部員同士、仲良くしようぜ。幽霊部員だけど。

「氷川(ひかわ)も同意だけど、成果を得るためには代償が必要だと思ってがまんして。総合的にみてその方が効率がいいと判断したから」

そう言って僕を見る。

相変わらず氷の視線。この雰囲気からして、委員長も僕にはあまりいい印象を抱いてないようだ。

いやー。

いいね。

これも四面楚歌（しめんそか）の一種だろうか？　何やかやで集められた、このいかにも急場しのぎなチームにおいて、僕は圧倒的にアウェーな立場にあるらしい。

イイね。こうでなくちゃ。

逆境からの逆転劇こそ人生の醍醐味（だいごみ）だ。ある意味これで僕の目標というか、進むべき道というやつが明確になった気がする。まあ折れかけてるけどね、心。

「以上、説明おわり。まずは補習から始めます。最初が肝心だから今日はみっちり時間をかけてやるわ。覚悟するように」

†

「面白いねえ」

その日の夜、僕の夢の中で。

本日の出来事の報告を受けたユミリは、満足げに頷（うなず）いた。

「いいじゃないかその展開。なんなら理想的とさえ言えるね」

「……僕はぜんぜん面白くないんだが？」

「それは心得違いだよジローくん。だって、残りのターゲット三人がひとまとめになって、あちらから近づいてきてくれるんだから。氷川委員長のセリフじゃないけど、最高に効率がいい展開じゃないか」

そうかねえ？

物は言いよう、ってやつじゃね？　それって。

そもそもあの三人って、どいつもこいつも僕に対して反抗的なわけで、だからこそ僕は夢の中であいつらを『わからせ』していたんだよな。

逆に言えば現実ではまったく手も足も出ないからこそ、僕は自分の夢にあいつらを登場させていたわけだ。

つまり端っから勝ち目がない。

それが三人いっぺんに手の届く範囲に入ってきても、こっちは泡を食うだけ。

「物は考えようだよ」

僕の主張をユミリは一蹴。

仮面の下でくつくつ笑いながら、

「あの三人を順番に口説くとしたって、君ひとりじゃ手をこまねいていた可能性が高いだろう？　試みに訊いてみるけど、今回の件がなかった場合、ジローくんはどうやって彼女たちを攻略するつもりだったんだい？」

「そりゃまあ……特攻するしかないだろ」

「だからどうやって？」

「死にものぐるいで」

「やれるのかい？」

「まあ無理っすね」

「だろう？　こじらせ陰キャが即席でやれる芸当じゃない。死にものぐるいで特攻して、案の定に死んでくるのがオチだ」

「そんなミッションインポッシブルを強制してるのは、どこの誰ですかね？」

「仕方ないさ。世界の命運が懸かっているんだもの」

世界の命運、ねえ。

さすがに笑い飛ばせる段階じゃないんだよな、喜多村（きたむら）との一件をどうにか切り抜けてきた身としては。体感としてわかるんだもん、なんかヤバそうなことに、これからもなっていくんだろうな、ってことは。

「テイクイットイージー。気楽にいこう」

からりとした調子で、ユミリが僕の肩を叩（たた）く。

「喜多村くんの時とちがって、命が懸かってるわけじゃないからね。構えすぎるとかえって事を仕損じる。そのへんの女をナンパするつもりでやればいいさ。一種のイベントだと思ってね」

「ホント気楽に言ってくれるよな、お前……」

「そもそも君、彼女らに嫌われすぎてないかい？　何かしたの？」

「してねーよ。つか何もできねーよ。ほとんどしゃべったこともないんだし」

「どうかな？　殴った方はすぐ忘れるけど殴られた方は一生忘れない。それが人間という生き物だからね」

正論だ。

かといって素直に頷く気にはなれない。

僕は黙って缶コーヒーを飲んだ。僕が自由にできる夢の中だから、缶コーヒーぐらいは好きに出せる。今日は広壮な城が舞台ではなく、宴に興じるゲストたちもいない。

つまり氷川アオイ、祥雲院ヨリコ、星野ミウ、喜多村トオルの姿はない。ユミリから止められている。現実に存在する人間をこの場所に呼ぶのはリスクが高いから、と。

僕というウイルスが周囲に浸食し、予期せぬ影響を現実世界に及ぼすから、と。

異存はない。

喜多村との一件でさすがに学習した。ユミリの指示には基本、従うに限る。

あくまでも基本は、だが。

「なあユミリ」

「なんだい？」

「お前、今日もその格好なのね」

というのは他でもない。

ユミリが纏(まと)っている、奇怪なマスクに不気味なマント、そして手にした杖(つえ)。

僕の夢の中に初めて現れた時と同じファッションに、彼女は身を包んでいる。

色気もへったくれもない、そもそも性別さえ判然としない、なんかのクリーチャーみたいな見た目。ペスト医者。

「そりゃあそうさ」

とユミリ。

「ここはジローくんの世界だもの。君のインナーワールドであり、箱庭(ガーデン)であり、閉鎖的で排他的な空間だからね。異物たるぼくは、それなりの防護服を必要とする。前にも説明したと思うけど？」

「前はそうだったよ。でも今はちがうじゃん。お前の立場ってやつはわかってきてるんだし、正式な客としてここに招く、みたいな形にすればいいわけじゃん？」

「難しいね。ジローくんの理性はともかく、本能が許さない気がするね。いわば白血球がウイルスを攻撃するような事態も、十分に起こりうる。当人の意思でコントロールできるものじゃないのさ」

「そっか」

「そうだとも」

「……『あれ』、よかったのに」

ボソリと口にした。

先日のあわいの世界における一幕。

僕のピンチに駆けつけたユミリは、今とは別の姿をしていた。医療従事者を模しているのであろう白衣、制服の短いスカート、刃物を装備した太もも。トレードマークの巨大なメス。

あの時は堪能する余裕なんてなかったけど。

目に焼き付いているあの姿。

よかったよなあ。

どストライクだ。引くほど可愛(かわい)くて、しかもドチャクソにエロくて。委員長とギャルと文芸部員とヤンキー女を足して二乗したぐらいの、恐るべきフェロモンを放っていた。勇ましくて、それでいてオンナの魅力がドカ盛りでさ。

あれ、よかったです。

正直たまらん。

直に見ると目が潰れそうになるけど、反芻するには最高の素材。捗るよあれは。

「ぼくとしても残念なんだけどね」

ペスト医者姿のユミリが肩をすくめる。

「状況的に仕方がない。ぼくの可憐な戦闘服姿で君を悩殺する機会が少ないのは悲しいけど、なあに物は考えようさ。特別な時にだけ見せる姿があるというのも悪くない」

「まあそこは痛し痒しだよな……つーか、僕はひとりごとのつもりでボソッと口にしたんだけど？　地獄耳でひろってくんなよ」

「ぼくは別にいいんだよ？　この姿のままで君とイチャコラしても」

「それはさすがにない。その格好の相手とヤるのは無理。上級者すぎる」

「どんな姿であれ恋人を抱くのが男の甲斐性、という考えもあるだろうけど？」

「すいませんね甲斐性なしで。こじらせ陰キャにそういうの求められても困ります」

「じゃあ訊くけどジローくん。現実でぼくから性的な関わりを挑まれた時、君は応じてくれるかな？　男らしく、あるいは佐藤ジローの全身全霊でもって、即座に応えてくれるのかな？」

答えに詰まった。

ずけずけと訊いてくれやがりますね、ユミリさん。正直なところ、あなたから何度キスされたって、こっちはそのたびに七転八倒、何の反応もできずに硬直するのがオチでございますよ。

「率直に言うとね、氷川アオイや祥雲院ヨリコや星野ミウに手こずっている君がぼくを抱いても、あまり楽しめないいんじゃないかなと」

「なんでだよ」

「え、だってレベル高すぎるもん、ぼくって」

「言うじゃねーかこの野郎ぬけぬけと」

反論はしないけどね！

認めるけどね！

「ジローくんとえっちなことをするのは、ご褒美にとっておくのがベストかもしれないな。ターゲットの女の子たちを口説いて、いい思いをして、その上でなお、ぼくこそが至高の恋人であると認識させる。そんなルートがもっとも美しい気がする」

「その傲慢さよ。いつか天罰を受けるがいい」

「嫌いかい？　ぼくみたいなタイプは」

嫌いじゃないです！

ヒィヒィ言わせたくなる度合いでは、お前はホント最高の素材だよ！　いつか思い知らせてやるからな！　いつになるか知らんけどさ！

……と、まあ。

そんな具合で僕は、僕の夢の中で、ユミリとの時間を過ごしている。

お分かりだろうか？

僕が取り組むべき方針①～④を、こうしている間にも着々と進めていることに。

①四人の女子を口説く。
②天神（あまがみ）ユミリのことを知る。
③僕自身の力と立場を知る。
④謎のメッセージについて注意を払う。

今は②のターンだ。

このテーマはすべての前提。

そもそも天神ユミリが僕の前に現れたことから、あらゆることが始まっている。

だったらもっと直接的に、積極的に、具体的に、質問を投げかければいいって？

そう簡単な話じゃない。なぜなら④の要素がある——『天神ユミリは嘘（うそ）をついている』

というメッセージ。

誰が、何の目的で送ってきたのか？　事実なのか、悪戯（いたずら）の類（たぐい）なのか、そもそも夢か幻だったのか。LINEのログが、謎の理由によってきれいさっぱり消えてしまっている現状、確かめる術(すべ)はないけれど。脳天気に無視できる要素ではない。

「あー……」

というわけで。

僕にはタスクがある。

優先順位の極めて高い、ここから先へ進むために必須な、やるべきこと。

「ところでユミリさんよ」

「なんだい？」

「あー……なんというか」

「？」

小首をかしげるユミリ。

ある程度は慣れてきた相手でも緊張する。

たとえここが僕の夢の中、僕が自由にできる箱庭であっても。

そして相手がペスト医者姿の不気味な女であっても、だ。もちろん素顔のユミリが相手だったら絶対むり。話を切り出すのさえ気が引ける。

「んー。その。だな。んー」

「煮え切らない様子だね」

「映画、見に行かないか」

僕は言った。

こうなりゃ勢いだ。やけっぱちとも言うが。

「別に見たい映画があるわけじゃないけどさ。僕はどっちかというと小説とかマンガ派だし。でもまあ映画。行こうぜ見に」

「…………」

ユミリは無言。

表情も読めない。

なんせペスト医者のマスクをしてるからな。こういう場合に相手の反応が伝わってこないのは、いいことなのか悪いことなのか。

「いやだって恋人だろ？」

僕は続ける。

早口になるのはご愛敬。怖じ気づいて黙り込まないだけ褒めてほしい。

「恋人同士ってそういうことするもんじゃん。まあ映画じゃなくてもいいんだけどさ……水族館とか美術館とか。ていうか買い物でもいい。服でも本でも、なんかそれ以外でも」

「…………」

「えーとそれってつまり、まあデートだ。デートをしようと思います。ユミリさん。ていうかしてくれ、デート」

　言った。

　いざ口にしてみると、いやもうなんだこの緊張。変な汗出てくるわ。恋人同士だってい
う前提があってすらハードルが高すぎる。

「いいね」

　ユミリが言った。

　マスクのせいで相変わらず表情はわからない。

「いい。とてもいい傾向だよジローくん。そしてもちろん喜んで応じるとも。えっちなこ
とはさておき、君とは本格的に交流を深めないとね」

「お、おう。そうなんだよ。必要なことなんだよな」

「日時は任せる。ぼくの都合はなんとかしよう。デートの計画も任せていいかな？」

「おう、まあ。なんとかします。大ハズレな計画になったらすまん」

「そこは連帯責任だよ。デートはひとりでするものじゃない。お互いの努力と、デートを
楽しもうとする意思、その両方がなければ成り立たない、いわば共同作業なんだ。たとえ
失敗したとしてもジローくんひとりに責任を負わせたりはしないさ」

「あ、はい。そっか。そういう考えもありますね」

　僕は言った。

ユミリは頷いた。

それからお互いに黙った。

妙な間ができる。

……え、何この雰囲気？

デートのお誘いは成功したよね？　なのにまた変な汗が出てくるんだけど？

「さて。そろそろ行こうかな」

と思ってたら、ユミリから言ってきた。

「今夜のところはお開きだ。今後の方針は確認できたからね」

ぱたぱた、とマントのすそを払う仕草をする。

別に地べたに座っていたわけでもないし、そもそもここは夢の中だ。土も埃もマントに付いてはいないと思うんだが。

「氷川アオイ、祥雲院ヨリコ、星野ミウ。この三人と積極的に接触できる口実ができた。この機会を逃す手はない」

「わかってるよ。まあ……なんとかします。だいぶ怪しいけど」

「期待しているよ。じゃあねジローくん、どうぞよい夢を。病める時も健やかなる時も、ぼくは君と共にある」

くるりと踵を返した。

繰り返すけど夢の中だ。まして神出鬼没、本人が言うところの『自在』なユミリ様だ。

そんな仕草は必要ない。現れる時と同じように、消える時もパッと消えればいい。

はずなんだけど。

「ジローくん」

こっちを振り返った。

「あー……んー。えーとだね」

言葉を濁している。

「なんだよ。ハッキリ言えよ。らしくねーな」

「うん。らしくないな。確かに」

はは、とユミリは笑う。

マスク越しに頬(ほお)をかく素振りをして。

そして彼女はこう言った。

「あらためてこういう展開になると、なんだか照れるね」

……いやいや。

キスは何回もしたし、公園のブランコで膝の上にも乗ったし、手作り弁当のイベントもこなしてきたじゃん。今さらだよマジで。

ユミリが姿を消した方を見つめながら、僕は思う。

ひょっとして、だけど。ペスト医者の姿じゃなかったらものすごく可愛(かわい)かったんじゃないだろうか。さっきの言動。

『照れる』って言ってたのは、デートに誘われ、誘いに応じた、その一連の流れのことを指している……んだよね？

え、あの天神(あまがみ)ユミリが？

天下無敵な世界のお医者さんが？

僕からデートに誘われて、照れている、だって？

なんだか妙な気分。

具体的に言うと、その場でジャンプしたら三メートルぐらい飛べそうな感じ。ダンクシュートぐらい片手で楽勝だと思えてくる。

僕はまだ、僕の恋人のことを何も知らない。

知っていくのはこれからなんだ。とてつもなく遅まきながら、ではあるけれど。

第三話

「まずは補習」

というのが一貫した方針だった。氷川アオイ委員長の。

「佐藤さんは、まあそこまで悪くはないけど。祥雲院さんの成績は目も当てられないし、星野さんは能力が偏りすぎてる。天神さんに至っては授業もろくに受けてないから判断の基準すらない。だから補習。一にも二にも補習」

一理はある。

そもそも氷川アオイに託された〝四人の問題児を更正させる〟という仕事は、非公式なものとはいえ学園側からのもの。まずは学内の活動として始めるのがまっとうなステップだろう。

「チーム全員で勉強すれば、お互いのことを知るきっかけにもなるでしょう。それぞれが得意な分野を担当して教え合えば効率もいい。そもそも『補いつつ習う』のが補習にあるべき本来の姿でしょうから」

これまた一理ある。

総じて最適解に近いはずなのだ、委員長の提案は。

効率重視、合理的な思考をモットーとする優等生、氷川アオイ。

彼女の構想はおよそ完璧にみえた。

†

「来ないわね」

その日の放課後。

学園の片隅にある生徒指導室において。

氷川アオイがノートにペンを走らせながら、ポツリとつぶやいた。

普通の教室とちがって、二十人とか三十人の大人数を収容する前提で作られていない生徒指導室は、食卓サイズのテーブルとソファーに本棚、そのぐらいしか置いているモノがない。つまり二人もいればそこそこ人口密度は高くなるのだが。

「来ないっすね」

僕もノートにペンを走らせながら答える。

今の生徒指導室、めっちゃスカスカに見える。

主に心理的な理由からだと思う。五人のメンバーのうち三人が来ていない。

欠席率60パーセント。

インフルエンザとかだったら学級閉鎖しているレベル。

（…………）

ちらり。

ノートから目を離して委員長を盗み見る。

氷川（ひかわ）アオイはクールだ。振る舞いも、口にする言葉も。無駄が少なくて、むしろ少なすぎて、ひどく取っつきにくい相手だ。基本的に表情が変わらないし。

つまり読めない。

何を考えているのかわからない。

普通に考えたら機嫌が悪いはずだ。チームであると宣言したメンバーが三人も、それも立ち上げ早々に欠席していたら、リーダーの面目は丸つぶれだろう——でも委員長の表情は変わらない。変わらないから読めない。読めない相手はつい勘ぐってしまう。

忖度（そんたく）、ってやつか？

単純に空気を読む能力？

何にせよ僕みたいなカースト底辺は、その手のスキルを常に発揮していないと生きていけない。僕が委員長に負けないスピードでペンを走らせてるのは、ひとえに緊張ゆえだ。

ただでさえ二人きりでは間が持てないというのにこの仕打ちよ。

（…………）

もう一度、つい、ちらり。

委員長は精密な動きとリズムで数式を書き込んでいるが、

「何？」

ふいに口を開いた。

「言いたいことがあるなら言って。手短になら聞く」

「え。あー……」

そりゃ言いたいことはあるけど。

こんなとりつく島もない対応をされたら、訊けるものも訊けない。

まして僕みたいな日陰者は、氷川アオイみたいなハイクラスとの接し方に慣れていない。

殿様から声を掛けられた小作人みたいに心が、身体が、固まってしまう。

凍りつく、と表現した方が正しいか。

この委員長にはそういう圧が、確かにある。

「いや、別に。何もないっす」

「嫌いだわそういうの」

ばっさり。

僕の及び腰を委員長は遠慮なく斬りとばす。

「事なかれ主義にすらなってない。状況が見えているのに最適解を取らない。非効率すぎて意味不明」

「……えーと」

「あなたは退くことも進むことも選んでない。そのどちらも選べる立場なのに。非効率を通り越して自虐的にすら見える。自分を貶めて何か得をするの？」

……ひええ。

なんすかこの、軽く会話のキャッチボールをしたつもりなのに、ボウリング球を投げ返されたみたいな気分は。

僕、そんなに悪いことした？

冷や汗とか脂汗のレベルじゃなくて、おしっこ漏れそう。

「えーと。デスネ」

ちょっと前の僕なら裸足で逃げ出してる。もしくはガチでおしっこ漏らしてる。

でもそういうわけにはいかんのよね、さすがに。

いま置かれている状況がそれを許さないから、というのもあるけれど。

ユミリから『四人の女を口説き落とせ』と言われて僕が思ったのは『なんだそりゃ』『できるわけないだろ』だけじゃなかったんだ。

〝もしもそれが叶うなら最高に気分がいいだろうな〟

それもまた、偽らざる僕の本心だったのよ。

だって気分がいいからね。例えばいま目の前にいる氷川アオイみたいな高嶺の花を屈服させて、ヒィヒィ言わせてやるのは。

ああ最低だとも。好きなだけ罵るがいいさ。

でも最低で何が悪い？　僕は僕の欲望に正しく生きる。

退くことも進むことも選んでないって？

だったら選んでやるさお望みどおりに。

「来ないっすね。他の連中」

僕は言った。

世間話程度のそんな発言でも、僕にとっちゃ大きな一歩。

「ええ。来ないわね」

「不真面目なやつらっすよね」

「天神さんに関しては、恋人のあなたが連帯責任を取ってもいいと思うけど？」

それを言われると立場がない。

恋人らしいことって、キスぐらいしかしてないのに。それで連帯責任とか言われてもな……いやまあ、おかしなこと言ってる自覚はあるんだけど。

「すんません。あいつにはキツく言っておきます」

「そうして」

「ハイ。えーとそれで」

「なに？」

「他の連中が、来ないわけですが。僕と委員長だけなんですが、ここにいるの」

「だから？」

「言ってましたよね委員長。〝このメンバーは今日から仲間だ〟みたいなこと。学園側から任されたって」

「ええ言ったわね」

「この状況って、それ成立してないっすよね？」

「想定の範囲内」

委員長は教科書に視線を戻しながら、

「問題児の問題がすぐに解決するわけないでしょう。すぐに解決するならそもそも問題にならない。『あなたたちは問題児だから、まとめてひとつにして更正させます』と号令しただけで一致団結したら、むしろそれは優等生よね」

「まあ……そりゃそうっすね」

「千里の道も一歩から。地道にやるわ。祥雲院さんと星野さんに関しては、学園側が強く出られない事情もあるでしょうしね」

それはまあ、そうだろうなと思う。

祥雲院ヨリコの家は有名な巨大宗教法人。

星野ミウはマスコミがこぞって持ち上げる文芸界のホープ。

どちらも下手に扱って対応を誤りたくない生徒だ。委員長に丸投げされるのもある意味で自然な流れにみえる。

「天神さんは得体が知れなすぎて論外。となれば、まずは欲張らずに、まだしも楽そうなところからなんとかする方が効率はいい」

「楽そうなところって、僕っすか？」

「だって佐藤さん、この場にちゃんと来てるでしょう？」

言われてみればなるほど。

そもそも来ない問題児と、来る問題児。どっちがマシかといえば、まあ考えるまでもないか。小心者なんでね僕は。学園側が絡んだ案件となれば、いそいそ参加しますとも。

「質問はおしまい？」

委員長が話を〆ようとしている。

この機会を逃したくない。さらに訊く。

「えーとですね。まだわかんないことが」

「なに？」

「僕、そもそも成績そこまで悪くないっすよね？」

「そうね。真ん中よりちょっと上ぐらいね」

「補習だと言われたらちゃんと来るし。他の連中とちがって」

「ええ。来てるわね」

「てことは僕、そもそも問題児じゃなくないっすか？　他の三人はともかく、なんで僕が？　そういう扱いに？」

「あなた、自分が模範的な生徒だとでも？　身に覚えは何もない？」

「何もないっす」

と、思わず答えたけど。何もないわけがない。

内面のよこしまさで言ったらまあまあなもんですよ？　表向きはひたすら目立たないようにしてるけどな。勉強は、文句を言われない範囲の最低限をやってるだけだし。夢の中では好き勝手やってたし。世界のお医者さんからお前は病気だと言われるし。

でもそれは、あくまでも僕の個人的な事情。

氷川（ひかわ）アオイはもちろん、学園側も把握していないことのはずで。

「それで質問は終わり？」

「あ、いや。もう少し」

「手短にね」

「えーと、そもそも何で受けたんです？　この話」

問題児を集めてチームを作り、更正させる。

氷川アオイならまあ、そういう役目を請け負ってもおかしくないかな、ってなんとなく納得してたけど。よく考えたらそんなわけはない。ただの学級委員長に任される話じゃないし、そもそも受ける話じゃないはずなんだ、普通に考えたら。

なのにこの女は受けた。

受けて、しかもこうして律儀に役目を果たそうとしている。

いくらなんでも貧乏くじすぎる。てことは何か、仕事を受けるメリットがあるのでは？

「あるわ」

委員長はあっさり頷（うなず）いた。

「メリットはある。でもここでは言わない」

「ここでは言わない？　なんで？」

「他に質問は？」

ばっさり。

効果音が聞こえてきそうな打ち切りかた。

これ以上追及する気にはとてもなれない。笑うなら笑えばいいさ、ただし氷川アオイとサシで会話したことがあるやつ限定な？　このブリザードを一度味わってみろ。

ていうか、なんか勿体ぶった言い方にも聞こえるな？

絶対に言わないわけではない、という意思表示にも聞こえる。基本的に率直な、率直すぎる傾向がある相手なので、この言い回しは何か引っかかる。

僕のよこしまなハートがフル回転。

もしかしてこれ、氷川アオイの弱みに繋がってないかな？　なーんか妙に気になるんだよな、今の発言。たとえば学園側との繋がりに、何かしら不正があるとか？　贔屓して成績を上げたりとかね。根拠ないけど。

そもそも僕って、氷川アオイにそこまで詳しくないんだよ。僕だけじゃなくて、たぶん他のクラスメイトとかも。友達づきあいが多いようには見えないし、わりと謎のベールに包まれてるんだよね。

「ところで佐藤さん。あなたやる気はある？」

「なんのです？」

「補習の。もしくは更正の」

「あります」

「嘘よね」

まあ嘘です。

圧が強い委員長に呼ばれて、仕方なく来てるだけです。

でもそれが何か？　嬉々として補習にやってくるような生徒はそもそも優等生、という話はさっきしたばかりっすよね？

「まあ、わかる」

と委員長。

「理に適っている。補習なんて渋々受けるに決まってるし、生徒指導室にはできれば一生近づきたくないわよね」

「そこまでは僕、思ってないっすけど」

「しかもあなたをどうにか更正させたところで、その後には第二、第三の問題児が控えてる。最後には魔王みたいな人もいる」

魔王は言い過ぎでは？

でも委員長からすれば、ユミリはそんな感じか。

あいつって、野生動物みたいなところ、あるもんな。サバンナをのっしのっし歩いてるライオンを見て『あんなの楽勝』って思える人、いないと思うんだよね普通は。

「そこで提案があるわ」

委員長がペンを置いた。

「提案って？　なんです？」

「…………」

じっとこちらを見てくる。睨んでるわけでもないのにこの威圧感よ。

そして氷川アオイは言った。

生まれてこの方、一度も冗談を口にしたことがないんじゃないか、って思える真顔で。

「佐藤さん。氷川とデートしましょう」

……なんでそうなる？

†

「なんでそうなるんだよコラ」

喜多村も同意見だった。

補習の後。学校帰りの電車内。

「意味わかんねーっつーの。頭よさそうな顔してるけど、実は頭おかしいんじゃね？　あの委員長」

言い過ぎだと思うけど、ちょっと同感。

成績優秀で運動神経抜群。おまけにツラまでいい完璧委員長だけど、まともに会話するようになってからこっち、ちょっと斜め上な発言が続きすぎてるような。

「天才タイプなんだな、きっと」

吊革（つりかわ）を握りながら僕は分析する。

「発想が飛躍して見えるのは、僕らが一般人すぎるから。たぶん委員長には別の世界が見えてるんだ。物事を解決するための最短距離を選んでるんだよ」

「なんだよジローてめー。肩持つじゃん、委員長の」

「だって委員長は結果出してるだろ。成績はトップクラスだし、クラスの仕事も淡々とやってる。あのつめた～い目で睨まれたら、誰だって無視はできないし。喜多村だってそうだろ？」

「まあなー……アイツめんどくさそうだしなー」

車両のドアにもたれかかって、喜多村はしかめ面を作る。

放課後のこの時間、電車の混み具合は平和。僕と喜多村を含めた乗客たちは、思い思いにヒマをつぶしている。

「喜多村（きたむら）は委員長と仲良いの？」

「良くはねーよ別に」

「たまに話してるのを見かけるけど」

「世間話してるわけじゃねーから。提出物がまだだとか、身だしなみを指導するように上から言われてるとか、そんなお小言だけ」

「ふーん。それでも僕よりは仲良いと思うけど」

「で？　その委員長とデートするって？」

「うん」

「ジローとだよな？」

「意味わかんねーんだが？」

「だよねえ」

「デートするならまずわたしが先だろ」

「いやそれも意味わからんのだが？」

しれっと言う喜多村に、僕は思わずツッコミ。

「だってそーだろ。わたしとオマエ、ちゃんとダチになってから、ちゃんと遊びに行ってないっしょ」

「まあね。行ってないけど」

「それって、委員長が落第生オールスターズを結成するよりも前の話だっただろ？　じゃあ順番ってもんがあるじゃん。わたしが先じゃん」

むんっ、とそっくりかえるポーズ。

なかなかの謎理論だと思うけど、まあヤンキーってそういうものかもしれんな。順序とか序列とかを重んじる人種。

でもその論でいったら、ユミリの方が優先順位が高いってことになるんだよな。デートを申し込んでるからさ、僕の方からあいつに。どこでどんなデートをするのかは何も考えてないんだけど。

でもってこんな風に考えてること自体が、自分でも信じられない。

だって僕だぞ？　佐藤ジローだよ？

デートの予定が詰まってて、一体どうやってやりくりしようか考えてるなんて、状況が変わりすぎてついていけん。これぞ自尊心が満たされるシチュエーション、ルサンチマンが解消される流れだと判断していいんじゃないか――なんて思うけど、実際にはぜんぜんそんなことはない。

だって、まだ実際にデートしたわけじゃないしさ。

あとシンプルに困ってるしな。ユミリとのデートは具体的なプランを考えなきゃいけないし、委員長とのデートはそもそも意図がわからなくて困惑してるし、喜多村(きたむら)からわたしとデートだと言われても色々リソースが足りないし。

「つーかオマエ、転校生と付き合ってるんじゃねーの？」

「うんまあ。そのはずなんだけど」

「デートしていいのかよ他の女と」

「なんかそのへんのレギュレーションは、割と甘く設定されてるみたいです」

「じゃあわたしとデートしてもいいよな？」

「うん、まあ……そう……か？　な？」

「わたし、行ってみたいゲーセンがあるんだよなー」

ニカッと笑う喜多村。

言われてみると、どうしてもデートできない理由ってのは見つからないのであった。

じゃあ、まあ……するの？　デート。喜多村とも？

いきなりインフレしすぎてません？

モテ期なんだと言われればそれまでだけど、そんな簡単にいくもんかね？　まあぜんぜん簡単にはいってないんだけどさ。

「そもそもさぁ」

ふたたびブンむくれた顔をする喜多村。

氷川(ひかわ)アオイとは真逆で、このヤンキーはよく表情が変わる。

「何がおかしいって、わたしがそのチームとやらに呼ばれてないのがおかしい」

「おかしいかな？」

「おかしいだろ。そういう場に呼ばれるのは普通、わたしみたいなヤツだろ」

「まあね、喜多村(きたむら)はヤンキーだからな」

「具体的な言葉にすると恥ずかしいからやめろ。でもまあ、そうだよ。つまりはそういうことだよ。わたしだけ呼ばれてないのは納得いかねー」

「喜多村って、タバコは吸う？」

「吸わねーよ。身体(からだ)に悪いだろ」

「クスリとかは？」

「ぶっ飛ばされてーのかオマエ。やるわけねーっつの」

「テストの成績は？」

「上から数えた方が早いかな。授業を聞いてりゃ大体わかるし」

「出席日数は足りてる？」

「むしろ皆勤賞だよ。身体は丈夫な方」

なんでそんなことを訊(き)くんだ、という顔をする喜多村。

いやいや。落第生オールスターズに呼ばれる理由、ありますかねアナタ？

むしろ優等生じゃんそれ。喜多村って、生き方はヤンキーだし、素行が良いとはお世辞にも言えないんだけど、真っ先に目を付けられるタイプでもないんだよな。アウトローって感じがしないというか、根っこの部分が陰じゃないというか。

「わたしも参加しよっかなー。落第生オールスターズ」

「いや必要ないだろ喜多村は」

「いいじゃん別に。勝手に行って、勝手に予習とか復習してるぶんには問題ないだろ」

「勝手に予習復習ができる生徒は、落第生オールスターズに必要ありません」

僕はあくまでも拒絶する。

ただでさえ面倒(めんど)くさい状況なんだ。喜多村まで加わってくると話がややこしくなる。

それに、彼女には他にやってもらいたい仕事がある。

「それよりもさ」

僕は話を切り出した。

「頼みたいことがあるんだけど。聞いてくれる？」

「あん？　なんだ頼みごとって」

「委員長のことが知りたい」

「あぁ？」

喜多村の顔が険悪になる。

「なんだァそりゃ。つまりアオイのことが気になってるってことか？　デートする前にあらかじめ戦略を練っておきたいって？　それでわたしに情報収集させる？　そいつはチト都合が良すぎるってもんじゃねーの？　ん？」

ガンをつけながら僕の脚を蹴ってくる。このあたりの生態はまさにヤンキー。

「喜多村しか頼れる相手がいない」

だけど引かない。

ここでびびって引いたら、後手を踏む一方だもんな。僕だって少しは変化なり成長なりしてるってことを見せてやるぜ。

「細かい説明は省くけど、委員長についてちょっと調べなきゃいけないんだよ。それで力を貸してほしいっていうか。喜多村は顔が広いよな？　僕よりはぜんぜん」

「別に顔が広いわけじゃねーんだけど。つーか、大事なのはその『細かい説明』の部分じゃねーの？」

「ユミリが絡んでるんだよ、そのへんの話は」

「あー……」

ちょっと納得したような雰囲気になる喜多村。

まるで黄門様の印籠だな、あいつの名前は。いい意味でも悪い意味でも。

「アイツが絡んでんのか。なんか面倒くさそ」

「面倒くさいのはその通り。でも喜多村に迷惑が掛かるわけじゃない。ユミリとトラブルになるなんてことは、まずないから。そこは保証する。ていうか、そうなりそうな話ならそもそも頼まない。だって僕が面倒くさくなるから」

「んー。まあなー。それはあるなー」

「あと、頼れる友達が喜多村しかいない」

「よしわかった。何でもやってやるよ」

手のひらを返してくれた。いい意味で。

ニカッと笑って白い歯を露（あら）わにする姿は、どこぞの神様みたい。

なんだよコイツ。実はいいヤツなのか？

ヤンキーだし、僕にすぐ絡んでくるから、って理由で毛嫌いしてたけど。なんかすまんかった。ルサンチマン、さすがに軽くなった気がするな、これは。

というか喜多村も変わったんだよな、先日の一件を経て。いくらなんでもこんなに扱いやすくなかったはずだろ？

僕もいずれ変わるんだろうか。喜多村みたいに。

そうなる日が想像つくような、つかないような。

あるいは怖いような、楽しみなような。

委員長に関する情報収集と報告を、きっちり喜多村(きたむら)にお願いして（対価として、行ってみたいゲーセンとやらに付き合う約束と、飯をおごる約束もきっちりさせられて）、僕は電車を降りた。

†

家に帰るとオカンは不在だった。

珍しいことじゃない。あのババアはああみえて国家公務員様。しかも、けっこう重要なポジションにいるっぽい。むしろちょいちょい家に帰ってきて、掃除やら洗濯をしたり、夕食をたまに作ってたりするのは、たぶんけっこう無理をしてる結果なんだ。仕事に集中できてれば、もっと出世コースに乗ってたのかもしれんな……おっと、あまり僕を白い目で見ないでくれよ？　僕は自分のことを最高に親孝行で出来のいい息子だ、なんて思ってないからな？

冷蔵庫をあさって適当にありものを食べる。

ハムにチーズに乾いたパン。コーヒー牛乳。

ソファーで仰向(あおむ)けになって、一時の休息。

でも休んでばかりじゃいられない。やることが山積みだ。カースト底辺の陰キャでも、尻に火が付けば動くしかない。

計画を練る。

氷川アオイとの接し方。

落第生オールスターズでの振る舞い方。

情報収集――喜多村に任せてばかりじゃいられないだろう。

ユミリが何とかしてくれればいいのに。あいつは自称・自在なんだから、氷川アオイのプロフィールをまとめた資料ぐらい用意できるだろ。できるよな？　だって世界を股に掛けるお医者さんだぞ？　夢の中にまで入ってくるし、ひとりで世界中を文字どおりに飛び回ってトラブルシューティングするようなヤツだぞ？

あいつは一体なんなんだ？

どこぞのエージェント様？

軍事大国が秘密裏に開発した人型最終兵器？

天神ユミリ。あいつが何もかもの発端なのに、あいつのことが一番わからない。

まあ手を貸してくれって言っても無駄だろうけどな。天神ユミリの手を借りないこと、それが僕に課されたミッションの前提なんだから。

ていうかデート。

本当はユミリこそ先にデートしなきゃいけない相手なんだよ。いちばん知らなきゃいけない相手はあいつなんだから。でもその前に氷川アオイとデート。なんかそんな流れになってしまった。断るのは無理。いろんな意味で。委員長の冷たい目で睨（にら）まれたらと思うと怖いし、むしろ近づかなきゃいけない相手なんだから。

それとあれだ、あのＬＩＮＥのメッセージ。

思い出さなきゃいいのに思い出してしまった。手に負えないんだよ、そんなこと言われても。これって何かのストレステストか？　僕って誰かに試されてるの？　いきなりあれこれ詰め込まれても対応できませんよ？

やることが多い。

気になることも多い。

無料で読めるウェブコミックのチケットが消費できない。ソシャゲのランキング戦も、ちょっと触るのが精一杯。

こうして振り返ってみるとあらためて思う。

僕の人生、マジで変わったな。良くも悪くも。

しかもこれってたぶん、ほんの始まりでしかないんだ。どうなるんだこの先。誰か教えてくれないか。

……いつの間にかウトウトしていたらしい。

夢を見るヒマもなかった。目が覚めるとオカンが帰ってきていた。

「ただいま」

オカンが言った。

缶ビールを飲んでいた。僕の顔を覗き込みながら。

「なんだよ」

「んー別に」

じーっと。

まだこっちを覗き込んでいる。

気持ち悪い。僕はソファーから起き上がった。「なによー。減るもんじゃないでしょ」

オカンはくちびるを尖らせるが、知ったことじゃない。

二階にある自分の部屋にさっさと避難する――いつもならそうしていただろう。だけどこの日の僕はそうしなかった。寝起きでボケていたのもある。疲れて動く気になれなかったのもある。

だけどそれより何より、空気があった。何か変だなという空気が。

結果的に僕のカンは正しかった。ま、威張れることじゃないけどさ。顔を合わせずに済むならそうしたい母親だけど、普段と様子が違うことぐらいはさすがに察する。

「最近どう？」

オカンが訊いてきた。

テーブルに戻って新しい缶ビールを開けながら。

「別に」

と僕は答えた。

旅行先のバーで知らない相手から声を掛けられてるシーンみたいだな、と思いながら。

「ふーん。そっか」

「なんだよ。気持ち悪(わり)ィな」

「あ。そういえばアレ。アレどうなったの」

「なにが」

「トオルちゃんと、あとなんだっけ、アマガミさんだっけ。付き合ってんでしょ？」

「いいだろ別に。関係ねーだろ」

「二股かけてる？」

「かけてねーよ」

「わたしのおすすめは断然トオルちゃん。かわいいから」

「いや知らんし」

「アマガミさんの方は？　うまくやってるの？」

言葉に詰まった。

うっせーな関係ねーだろ、と言ってしまうのは簡単だけど。それはかなりダサい気がする（と思ってる時点で、我ながら自分の変化を感じるのだが）。

かといって、『うまくやってる？』と訊かれてスマイルを返せるような状況でもない。

むしろ僕はあんまりわかってないからな、状況。悲しい話だけど。

「まあ」

あれこれ突っ込まれてもどうせ答えられないのだ。

曖昧で、ポジティブな、そんな答えを返すぐらいしか手立てがない。

「まあたぶん。うまくやる。やろうとしてる。たぶん」

「それ、やっぱ二股かけてんじゃないの？」

「かけてねえ」

「別にいいんじゃない？　二股かけても」

いいのかよ。

ていうか何の話だこれ？

「むしろ今のうちなら三股でも四股でもかけていいでしょ。そのうちやろうとしてもやれなくなるんだし。おかーさんも若いころにやってればよかったわ、そういうの」

でた。

こういうところだよ。

息子が母親と交わしたくない話題トップスリー、みたいなセンシティブなやつ。

そういうのを平気で出してくるところ。

「ていうかいつの間に？　って感じ。あなた友達いないでしょ？　じゃあSNSとか使って？　見えないところでしっぽりやってたみたいな？　いやわかんないもんよねー。長年母親やってるつもりだけど、気づいた時にはもう変わってるのよね息子って。まあ自分の息子がモテてないよりは遙かにマシなんだけどさ。二股かけてたとしても」

ぐふふ、とババアは笑う。

ビールをぐびりとやりながら。機嫌よさげに。

理解と寛容。

無理に理解しようとか、譲歩しようとか、まして息子の顔色をうかがってご機嫌取りするわけでもない。

自然体でナチュラルで、昔はまっとうだったはずの息子が変にひねくれてこじれても狼狽えず、説教するでもなく、深入りはしないけど寝坊したら容赦なく叩き起こす——そんな、たぶんまっとうな、よそ様にはもしかすると羨ましがられるかもしれない、母親。

こういうところだよ腹立つのは。

勝手なこと言ってる自覚はあるけど、こちとらひねくれた上にこじらせた思春期の少年なんだよ。

まあ話は聞くけどな！

いつも通りっちゃいつも通りだけど、なんか今日のババア、やっぱ変だからな！

「なんかあったんかよ？」

仕方なく僕は訊いた。

何か勘づいてしまったからには、放っておくのは気持ち悪い。

氷川アオイ風に言うなら〝効率が悪い〟。

たまたま流れでとはいえ、ババアとこうやって顔を合わせて話す機会なんて滅多にないんだし。面倒ごとは早めに済ませておくに限る。

「んー？　なんかって、なにが？」と母。

「いやわからんけど。仕事とか？」と僕。

「そりゃ仕事ではいろいろあるわよー。むしろストレスしかない。あちこち頭下げなきゃいけないし、いろんなところから足引っ張られるし。厳しいわよ大人の世界は。あなたも覚悟しときなさいよね」

「なんか気になってることとかあるんじゃねーの」

「ある。息子の彼女に会ってみたい。ねえねえアマガミさんってどんな人？」

「こっちが訊きたいぐらい訳わかんねーヤツだよ。つーかそういうことじゃなくて。他になんかねえの？」

「おかーさん、アマガミさんとデートしてみたいわあ。どう？　三人で。今度の日曜」

だめだこりゃ。

酔っ払ってると判断した。さっきから隙を見てはぐびぐびやってるし、空き缶が何本もテーブルに転がってるし。息子の寝顔を肴にいつから飲んでたんだか。

さすがにこのへんが潮時。

たまには息子っぽく振る舞ってやろうとしたらこのザマだ。大人の世界が大変なのはわかるから、好きなだけ飲んでそのまま寝オチしてくれ。こっちも考えること多くて余裕ないんだからさ。それとデートは無理だ。もう三件も予約が入ってる。自分でも信じられないけどな。あと自分の母親とデートなんて死んでもごめんだ。

僕はソファーから立ち上がった。

二階へあがるついでに空き缶を回収して捨てた。「ありがとー」ババアがヘラヘラしながら手を振った。僕は無視して階段に向かった。

それで終わりのはずだった。

繰り返すけどただでさえこっちは忙しいんだ。その瞬間にはもう僕の頭は今後のプランを検討することで満たされていて、酔っ払いの母親のことなんか意識の端っこにも留めていなかった。

「ねえ」

ババアが僕を呼び止めた。

「変なこと訊（き）くんだけどさ」

僕は無視して階段に足をかけた。

まるっきりの不意打ちだったと思う。

ババアはとろん、とした目で僕を見ながら、その実やけに真面目な声と顔で、こんなことを宣（のたま）った。

「あなたって、ホントにわたしの息子だっけ？」

……おいおい。

マジで何の話なんだ、これ？

第四話

それでもこの頃の僕はまだ、恵まれた状況にあったと思う。

口説き落とさなきゃいけない相手が三人、デートの予定が三件。ユミリのことは相変わらず何もわからなくて、委員長のことも同じくらいわからなくて、喜多村(きたむら)との付き合いを疎(おろそ)かにするわけにもいかず、祥雲院(しょううんいん)ヨリコと星野(ほしの)ミウは大航海時代の新大陸なみに遠い存在、あげくにオカンまで訳わからんことを言い出す始末——

十分すぎるくらい頭を抱える状況だけどさ。

だけど何も知らずに済んだ。

知るのは後になってからだ。すべてが手遅れの、後の祭りになってから。

†

図書館。

昔はそれなりに利用したもんだ。オカンに連れられて、小学校の頃はそこそこの頻度で通っていた。一応そこそこ高学歴だからな、うちの親。読書は強いるものじゃなくて自然と触れるもの、っていう生活習慣があったんだ。

恵まれた環境だ、っていう意見はごもっとも。ただし、そんなに恵まれてるのに何でひねくれたんだ、って意見には耳を貸さないぜ。恵まれてるヤツの誰もがまっとうな人生を送れるなら、世の中ってもっと平和で幸福になってるはずだからな。

というわけで図書館である。

某区の中央図書館。築ン十年、お世辞にもオシャレではなくピカピカでもないけれど、ずしりと重厚な建物には、カビ臭い古書から最新のヒット作までずらり、天井まで届かんばかりに陳列され、大勢の来館者でにぎわっている。

にぎわっている、といっても無論、ここは図書館なわけで。聞こえるのは本のページをめくる音だとか、カーペットを踏みしめるかすかな音だとか、外の大通りを行き交う車のノイズとか、そういうものばかり。会話の声は聞こえない。まあ当たり前だわな。図書館は私語禁止、世界共通のルールだ。

つまりデートには不向きだ。だってしゃべれないから。

そして僕と氷川(ひかわ)アオイのデートは、デートに不向きな図書館を舞台として始まった。

「…………」

「…………」

黙々。

僕も氷川アオイも思い思いの図書を開き、ページに視線を落としている。

いちおう言っておくけど僕じゃないぞ？

この場所を選んだのは委員長だ。僕は選んでない。さすがにもうちょっとマシなプランを考えてたよ。映画館とか遊園地とか。

『効率がいいわ』

というのが委員長の主張だった。

『図書館ならお金も掛からないし、勉強にもなる。一石二鳥ね』

そっすね。お金掛からないよね確かに。勉強にもなるね。でもデートの場所を選ぶ基準として、効率とか一石二鳥みたいな考えはあまり採用されないと思うんですが。

……などという抗議を、もちろん僕はしなかった。

だって怖いもんね。何か言ったら怒られそうで。

ていうかそもそも、この人が何で僕とデートするなんて言い出したのか、さっぱりわかってないんだ。理由ぐらい訊いとけよ、と言われたら反論できないけど、でも相手は氷川アオイですから。なんか怖いし。

「…………」

「…………」

黙々。

黙々。

僕らは本を読み続ける。

ページをめくる、ぱらりぱらり、かすかな音。

人の気配に満ちているのに静寂が支配する空間。深い森に迷い込んだみたいな。

間が持たない。

長い付き合いなら平気なんだろうけど。

付き合って何年も経って、阿吽の呼吸でわかりあえる間柄なら気にしないんだろうけど。

僕と委員長の関係でこれは、キツい。

デート、っていう単語から連想する印象とは真逆。

まるで禅の修行みたい。

「…………」

「…………」

あかん。限界。

そっと席を立った。

委員長がチラリとこっちを見る。

トイレだよトイレ、というジェスチャーを返して、そそくさと場を離れる。

ぷはあ。やっと一息。

というか返す返すもこれ、ホントにデートか？

ただの勉強会では？　実際、委員長が着てるのは見慣れた制服なんだよな。何の目新しさもないというか、デートにまで来てその服かよ、っていうか。僕ですら身だしなみに少しは気を遣ってきたぞ？

ふう、ともう一息ついて、僕はスマホを取り出した。

LINEを起動してメッセージを入力。

今日の件、あらかじめユミリと喜多村には話を通してある。順調ならばそれでよし。さもなくば何かしらのヘルプをもらえるよう手配しているのだ。

というわけで、ざっと現在の状況を伝達。

タナボタで初デートにたどり着いたのはいいけど、場所は図書館で、ここまでほぼ会話なし、相手は制服姿で読書に集中してます、と。

待つことしばし。

ぶるる、ぶるる。スマホが振動して、さっそくメッセージあり。

『は？　図書館じゃお土産もねーじゃん　つまんね』

『君、やる気あるのかい？　ジローくんの自主性に任せたぼくが愚かだった』

……喜多村とユミリ、それぞれのコメント。

怒りも呆れもごもっともなんですが、もうちょっと実戦的なアドバイスはありませんかね？　喜多村はともかく、ユミリは僕と利害が一致してるはずだよな？

『いったん様子見。それしかないね』

とユミリの回答。

『図書館でデートを始めてしまったからには、何かしらデートらしさを演出しないことには終われないさ。ジローくんの奮闘に期待する』

『手をこまねいていては、本当に何もないまま終わってしまうよ。とにかくアクションを起こすこと』

『くれぐれも、丸一日読書で終わりました、なんてオチにはならないように』

手厳しいっすね。

もしもそんなオチになっちゃったらどうしよう?

『殴る』と喜多村(きたむら)。

『(笑)』とユミリ。

いやー。

手厳しいっすね。

『ジローてめー、ダセーことすんなよマジで。委員長のことはどうでもいーけど、お前がショボいのはガチで腹立つ』

『手ぶらで帰ってきたらヒィヒィ言わせてあげるね。いろんな意味で』

それぞれ心温まるコメントをもらって、僕はスマホをポケットに入れた。

あらためて状況の確認だ。

①四人の女子を口説く。
②天神(あまがみ)ユミリのことを知る。
③僕自身の力と立場を知る。
④謎のメッセージについて注意を払う。

そして新たに増えた⑤——オカンに気をつける。

『あなたって、ホントにわたしの息子だっけ？』

先日の一件。

オカンがおかしかったのはあの一瞬だけ。翌日にはもう普通の顔をしていて、僕が寝坊したら遠慮なく叩き起こしに来てくれやがった。酔っ払っていなければまあ、割とまともなオカンだ。社会的な地位もそれなりにある。奇行に分類される挙動はこれまでなかったと思う。

心の病気？

ノイローゼ？

それとも本当にただ酔っ払っていただけ？

わからない。

わかっているのは、僕が原因だったらさすがに僕は僕にドン引きする、ってことだけだ。

クズだという自覚はあるけどそこまで下衆にはなれん。

でも今はそれどころじゃない。

たぶん最優先事項であろう①について、今まさに悪戦苦闘してるんだから。

早足で自分の席に戻った。

委員長は、今度はこっちをチラ見すらしなかった。

淡々と本のページをめくっている。

彼女が読んでいるのは、組織の管理・運営に関する書籍だ。良く言えば実用的、悪く言えば何の可愛げもないチョイス。

ちなみに僕ら、今日は隣同士で座っている。

実はこれ、けっこうな進歩ですよ？

いつもの補習では向かい合わせで座ってるからな。閲覧室のレイアウト上、自然にそういう形になったとはいえ、タナボタなチャンスだと思うんですよね。

だってホラ、隣同士って、特に異性と隣り合わせになるのって、わりと特別感あるじゃないですか。たとえばファミレスで四人席に通されたとして、まだ距離感のある二人だったら、絶対に隣に並んで座らないじゃないですか。なんなら斜め向かいに座ったりして、大幅にパーソナルスペース取るじゃないですか。

それが今、委員長と隣同士で座っている。

すごいことでしょ？

カップルじゃんこれ。付き合ってるふたりじゃんこれ。

……という意見を、隠れてスマホ操作しながら具申すると、

『タナボタだろ　オマエ自分でも言ってるじゃねーか　言ってて恥ずかしくねーの？』

『威張るのはベッドで並んで寝てからにしてもらえるかい？』


厳しいコメントいただきました。

本を読みながら委員長を観察する。

ちなみに僕が選んだ本は、夢や心の問題に関する青少年向けの入門書。小学生でも読める内容だから、流し読みでもけっこう頭に入ってくる。何より、今の僕がまさに必要としている情報が書かれた本だ。一石二鳥。委員長のセリフじゃないけど、時間は有効に活用しないとね。

ぱらり、ぱらり。

ページをめくる。

委員長を盗み見る。

ぱらり、めくる、盗み見る。

やっぱり氷川(ひかわ)アオイはいい女だった。

キレイに通った鼻筋。きめの細かい肌。うつむいて本に視線を落としていると、濡(ぬ)れたように艶(つや)のある長いまつげがいっそう際立ってみえる。

時おり耳にかかった髪を指で梳いてみせる仕草なんて、鳥肌モノにエロい。背筋の伸びた姿勢に制服をまとった姿は、見慣れているはずなのにフォーマルな趣があって、でっかいビルのフロントにいる受付のお姉さんとか、ファーストクラスのＣＡさんみたいな雰囲気がある。

イイよな。

やはり、イイ。

ユミリみたいな、男の願望がそのまま具現化したような女とは、またひと味違ってさ。料理でたとえるならユミリは満漢全席、委員長は格式高いお鮨屋さん、って感じ。大将が黙って握る入魂の一貫を、これまた客も黙って味わう、みたいな。

いやあ。

コイツをヒィヒィ言わせなきゃならんのか。

夢の中じゃなくて現実で。うーん。できる気がしませんが。

高すぎるハードルに思いを馳せるのをやめて、本に視線を戻す。

夢。

そして僕の力。

夢を好きなように見ることができる――たとえば気に入らないやつらをドレイみたいに自由にあつかえる――一見するとひたすらお得なスキル。

でもその実、僕の夢は現実と繋がっていて、現実に悪影響を及ぼすのだという。具体例が喜多村トオルだ。夜ごと僕の夢に登場していた彼女は（実際には現実の喜多村トオルの意識だか何だかを僕が呼び寄せていたらしいが）、最終的に『あわいの世界』と便宜的に呼んでいる空間を、（おそらくは）無意識のうちに創り出し、世界の危機とやらが本当に起こりうることを、実際に示してみせた。らしい。

どうにも歯切れが悪くなってしまうのは、それらの現象を目の当たりにしたのがごく限られた人数しかいないから。当の喜多村でさえ覚えていない。具体的には僕とユミリ。他には誰も見ていないし経験もしていない。

誰かが撮影した動画がウェブに上がるわけでもなく、マスコミがスクープしているわけでもなければ、言うまでもなく政府の公式見解とかもない。

おそらく、この件に関してもっとも事情に詳しいであろう天神ユミリにしても、例の謎メッセージの存在によって、全面的に信用するわけにもいかなくなってしまった。

『天神ユミリは嘘をついている』

誰が送ってきたのかもわからない、ログすら残ってない情報に振り回されるのはどうかと思うけど。でも無視するわけにもいかないんだ。

なぜなら今の僕にとってただひとつ確かなのは、僕の置かれた状況が何ひとつ確かではない、ということだから。

信じられるのは自分だけ。頼れるのも自分だけ。

こじらせ陰キャですから、とか言ってられないくらい、油断ならない状況だということを、嫌でも理解せざるをえない。まるで敵国に単身潜入して諜報(ちょうほう)活動を行うスパイみたいな気分だ。

スパイは馬鹿じゃ務まらない。

今さら頭が良くなることなんてできないけど、やれるだけのことはやらないとな。だって、どうみてもなんかヤバそうなんだもん。なんとかせんとあかんでしょ、この状況は。

まあユミリがサボらせてくれないだろうけどさ。

あいつは僕の敵として現れ、助言者ないしはナビゲーターとなり、今では恋人だ、ってことになってるけど。

事の始めから今に至るまで、あいつのポジションだけは一貫してるんだ。

それは、天神ユミリは常に僕の上位者である、ということ。

喜多村はもちろん、隣にいる委員長、小生意気なギャル、スカした文芸部員、どいつもこいつも夢の中だけでは僕の言いなりだったのに、ユミリだけはちがう。あいつだけは一度たりとも僕の風下に立ったことがないんだ。

こじらせネクラ野郎を舐めるなよ？

そういうの、僕みたいな人種は根に持つんだぜ？


……なんてことを考えながら、読書の時間は進む。

というか本、けっこう面白いな？　普通に役に立つ。同じシリーズ、他にもないかな。

なんなら借りて帰ってもいいかも。とりあえず手当たり次第に確保しとこ。あんまり本を積み過ぎるとクレーム来るかもだけど、まあほどほどの範囲でならいいか。


……なんてことを考えてたら。

いつの間にかけっこうな時間が過ぎていた。

ぱたん、と委員長が本を閉じて立ち上がり、立ち上がったことで僕はようやくそれに気づいた。あれ？　とっくに正午過ぎてる？

「お昼にしましょう」

委員長に促されてロビーに移動した。

お昼？

ああお昼ごはんか。すっかりその意識が抜け落ちてたわ。

そして今さらながらに焦り始める。のっけから図書館に行くとか言われてプレッシャーの中で黙々と読書なんかしたもんだから、これがデートだったことを失念してた。やっべ、そりゃそうか、氷川アオイでも昼ごはんぐらい食べるよな。えーっと、元々の計画ではどうするつもりだっけ？　ファミレス？　ファーストフード？　お手頃な洋食の店の情報が入ったから、そこに誘おうとしてたんだっけ？

ええと、委員長はどこへ行って何を食べたいです？

「もう決まってる」

そう言って氷川アオイは図書館の中庭に向かった。

中庭にはベンチがいくつか。

空いてる席に座って、カバンから取り出した箱のフタをあけた。

僕は隣に（恐る恐る）腰掛けて、箱の中身をまじまじと見た。

おにぎりだ。

殴ったら人を殺せそうなくらいのデカさがある、白米のかたまり。それが四つ。

海苔すら巻いてない、素朴を通り越して粗野なおにぎり。

「……それ、ひょっとして弁当？」

「ひょっとしなくてもお弁当よ」

じろりと睨まれた。

びびりながらも僕は意見を具申する。

「なんかこう、あんまりお弁当、って感じ、しないっすね」

「どうして？」

「いやまあ彩りが。おかずが。ないっていいますか。弁当っていうかそれ、ただのごはんのカタマリですよね、みたいな」

「この方が効率がいい。安上がりだし、移動する必要もない。お昼ごはんを何にしようかと考える手間も省ける」

まあカロリー効率は最高にいいかもしれんが。

身体（からだ）のデカいガキ大将が食うような弁当だよな。もしくは力士のちゃんこみたいな。

他にも致命的な問題がある。

「その弁当、栄養バランス的にはどうなんです？」

「その点はこの際、無視するわ」

無視するんかい。

この人の効率至上主義って、わりとザルだな？

「あ、でもあれだ、中身でフォローできるかもですね。ほら、おにぎりっていろんな具材があるから。タラコとか煮卵とかなら栄養ありそう」

「塩しか入ってないけど」

ストイックかい。

フォローしようとしたらきれいさっぱり逆効果だよ。

岩みたいにデカい塩おにぎりがぎっしり詰まった弁当……なんか逆に意識高い食事みたいに見えてくるな。ＳＤＧｓ的なやつ？　よく知らんけど。

困惑する僕を尻目に、委員長はおにぎりをかじり始めた。

がじがじ、もぐもぐ。

いい食べっぷりだ。気にしたことなかったけど、氷川（ひかわ）アオイってこういう食事をする女だったのか。新たな発見。

と、それはいいとして。

僕、割と手持ちぶさたである。

だって持ってきてないもんお弁当。

まさかこんな昼食になるとは、それこそ夢にも思ってなかったから。こういう流れになるなら事前に打ち合わせとかしとくだろ、普通。

どうしようか。コンビニにでもひとっ走りするか、今からでも。食事を抜くという手もあるけれど、真面目に読書してたらめっちゃお腹（なか）がすいた。そして空腹に気づいた瞬間、辛抱たまらなくなった。あるあるだよね、こういうの。

「持ってきてないの？」

持ってきてないよ。なんも言われてないし。

「そう」

委員長は言った。

言って、おにぎりをじっと見つめる。

「ちなみに僕らが今やってるこれ、デートなわけですが」

「そうね。デートね」

「ついでに僕の分のお弁当を作ってくる、って発想は？」

「なかったわね」

「……一応これ、デートですよね？」

「デートね」

「……まあ、委員長がどういうつもりでデートする、って言い出したかよくわかんないんで。断言はできないんすけど。こういう流れだったら、僕の分のお弁当も作ってきてくれた方が助かったといいますか。何なら合理的、な気がするんすけど。考え方として」

「合理的。考え方として」

委員長が復唱する。

まるでヘレン・ケラーが生まれて初めて〝水〟という概念を理解しようとしている時みたいな雰囲気。いや、そんな難しいこと訊いてるつもりないですけどね？

「合理的。確かにそうね」

けっこう長いこと考えてから、委員長は認めた。

「つまり氷川は、佐藤さんにお弁当のお裾分けをする。そういう流れになっていると認めざるを得ない、ということかしら」

「いやまあ催促してるわけじゃないすけど。このままだと僕だけコンビニか何かでお昼を済ますことになるわけで。そうしろっていうならそうしますけど、でもそれだとそもそも何のためのデートなんだ、って話になるわけで」

「合理的な考え方ね。あなた頭いいわ」

「いやこんなことで褒められても」

「そもそも氷川はどうして佐藤さんをデートに誘ったのかしら」

「今さら根本的な問題を提示されても」

「お裾分けする。お弁当を。このおにぎりを」

考え込んでいる。

難しい顔をして。

あたかも想像だにしない方向から運命のいたずらが襲ってきて、親か恋人のどちらかを生贄に差し出せ、と言われてる時みたいな。

いやそんなに悩むところ？　戦後の食糧難の時代に十人ぐらい扶養家族を抱えてる父親みたいな顔してますけど。そこまで必死におねだりしてないぞ僕。あまりにも不思議すぎたから訊いてみただけで。

「…………」

委員長、なおも考え込んでいる。おにぎりを僕に分け与えるかどうかで。

苦悩している。明らかに。

やがて彼女は、ふう、と吐息を漏らして、

「するわ。お裾分け」

僕におにぎりを渡してくれた。

それも半分だけ。まだ在庫たくさんあるのに。

しかもかなり未練たらたらな様子で。かなり渋ってた。おにぎりを半分に割る所作が、まるで自分の半身を切り分けてるみたいな苦悩に満ちていた。

分けてもらったおにぎりを食べながら僕は思った。氷川アオイって食いしん坊キャラだったのか。普段はそういう素振りなかった気がするけど。

ちなみに言っちゃ悪いけど、あんまり美味しいおにぎりではなかった。いや率直に言ってしまうと、ちょっと不味かった。おにぎりが不味いことって、あるんだな。まあこんな気分で食べてたら、どんなご馳走でも味がしないか。

いやー。

勉強になるわ。

いろんな人がいるよな、世の中。

でもってこういう機会がないと、きっと一生気づかなかったんだろうな。

見方が変わったもんね。これまでは委員長のスペックの高さとか、視線のキツさとかにびびってたけど、これからの僕はひと味ちがうぜ。氷川アオイを口説き落とすなんて無理だと思ってたけど、もしかして意外といけちゃうのかも？

「わかりやすいわねあなたって」

不意に委員長が言った。

こっちの顔を覗き込みながら。

「こいつチョロいかも、みたいな顔してる」

その視線はいつもの冷徹。

えぐるような、突き刺すような、丸裸に剥くような。背筋と下半身がヒェッ、ってなるようなやつ。

僕のテンションはたちまち急降下。ホントすいません、僕みたいな底辺が意外といけちゃうかも、なんて調子に乗って。土下座でいいですか？　切腹とかします？

「別にキレてないから」

委員長は言った。

フォローしてくれたのだろうか。冷徹な視線は変わらないけど、おにぎりをかじりながらだとブリザードも少しはやわらぐ。

「それに氷川も得るところはあったわ。佐藤さんのことがいろいろわかった」

「僕のことが？」

そりゃこんなデートでも同じ時間を共有してるんだから。お互いに知るところはあるだろうけど。

「いい集中力ね。ものすごいスピードでページをめくってた」

「……？」

ああはい。

さっきまでの読書の時間の話か。

「ぜんぶで三冊。読み終わってたわね。あの短時間で」

「え。そんなに読んだ？　僕が？」

「読んだ本の数すら覚えてないと？　できる男アピールかしら？」

滅相もありません。

委員長様と比べたら、こちとらミジンコみたいなものでございます。

「いやまあ入門書っぽいやつだし。書かれてる内容が簡単だったから、かな？　たくさん読めたのは」

「ご謙遜ね。氷川はあなたの半分も読み進めていないのに」

「委員長のやつは難しい本だったからでは？」

「あなたと同じで簡単な入門書よ。それとあなたの今の反応は割と意外。褒められたらもっと調子に乗るタイプだと思ってた」

はあ、そうすか。

というか、そうか。褒められたのか僕。

なんと。氷川アオイから褒められるとは。そういう展開を想像してなさすぎて、状況を飲み込むのに時間かかりましたよ。

てことはこれ、脈ありなのでは？

キツい視線もだいぶ食らってるけど、そもそもデートに誘ったのは向こうなんだしさ。

うん、そうだよ。これっていい感じにちがいないよ。

もしかするとアレか？　このまま一気に大人の階段のぼっちゃう、なんてこともあったりするのかな？　いやあるね絶対。イケるよこれ。間違いなく。

「やっぱり」

委員長が言った。

僕を覗き込んでいる。

中庭のベンチに並んで座って。おにぎりを、がじり、とパクつきながら。

「あなた調子に乗るタイプよね」

「えっ？　そう……っすかね？」

「心の中で何を考えてるか手に取るようにわかる。いやらしい目で見てる。氷川のこと」

……ひええ。

僕の考えてること、読まれすぎ！

「さっき閲覧室で読書してた時もそうだったわよね？　氷川の方を見ながらいかがわしいことを考えてた。そんなに氷川は隙だらけかしら？　簡単に手玉に取れるような安い女に見える？」

……ひええ。

出ました絶対零度の視線。

「いやあ」

みたいな曖昧な言葉しか口にできない。視線を合わせるなんてもってのほか。

言い訳すらできず、もちろん状況を打開できるわけもなく。

ヘビに睨まれたカエル。まな板の上の鯉。もうどうにでもしてくれ。こういう悪い流れを自分でどうにかする力は、僕にはない。

「これからもいろんなことがわかるでしょう」

おにぎりをパクつきながら委員長が言う。

「時間を共有すれば、お互いのことは嫌でも理解できる。黙って本を読んでいるだけでもね。現に氷川はあなたのことがいくらかわかった。それはあなたも同じ」

ジャンボおにぎりが見る間に削り取られていく。

その様子はまるで、北極圏の氷が水しぶきを上げて極寒の海に雪崩落ちていくのを見ているかのよう。

早食いだ。

よくそれだけ食べながら会話できるな、と感心するくらい。

これも効率至上主義ゆえ？　早食いは胃腸に負担を掛けるので、長い目で見たら効率が悪い気がするけどな――と、そんなことを考えていること自体が、委員長の主張の正しさを証明している、と言えるのかも。確かに嫌でも理解が進むよな。こうして一緒の時間を過ごしていなければ気づかなかったことが、たくさんある。

「つまりそのためのデート？」

「どう解釈するかはあなたの自由ね」

そう答えて、委員長はまたおにぎりをがぶり。

だったら話は単純。今日は落第生オールスターズの親睦が目的、ってことか。デートという名目はついているけど、あくまでも主題は他にあると。

ふむ。

納得すると同時に、ちょっとがっかり。

まあそんなに話が上手くいくわけないので、やっぱり納得ではあるのだけど。ちぇ、何だよー期待して損したぜ。意外と楽勝かもしんない、とか思っちゃった僕が馬鹿みたいじゃん。

まあ馬鹿なんだけどな実際！

すいませんね調子こいて！　まあでも馬鹿だから！　仕方ないよな！

「食べ終わったら閲覧室に戻りましょう」

おにぎりの最後の一個を手にとって、委員長は言う。

「戻ったら読書の続き。せっかくここまで来たんだから、まとめて読書の時間を取った方が効率がいい。あなたも本の続きが気になるでしょう？　あれだけ集中して読んでたんだから」

「いや、そういうわけでも。なんとなく目を通してただけだし。流し読みで大して集中もしてないし。さっきも言ったけど入門書レベルの本だし」

「嫌いだわ。あなたのそういうところ」

がぶり。

おにぎりを頬張りながら、氷川アオイのブリザードアイ。

口の中をもごもごさせているから迫力は落ちるけど。それでも刺さるね、ぐっさりと。

背中と下半身がヒュェッ、てなるやつ。

「あなたって、どう低く見積もっても能力が低いわけはないのに。なんだかんだと理由をつけて自分を卑下する。この世でいちばん効率が悪いのは、自分の才能を無駄にすることよ。あなたはその典型。見ていて虫酸(むしず)が走るわ」

んぎゃー。

やめてー。

視線と言葉で殺さないでー。

まあデートはまだ続いてる、ってことらしいので。それだけでも良しとするか。状況によってはここでお払い箱、って可能性もあったわけだしさ。虫酸が走る相手とデートを続ける意味はわからんけどな！　新手のイジメかな⁉

「えーとちなみに」

僕もおにぎりをかじりながら訊(き)く。

「何時ぐらいまで続くんでしょ？　このデート。っていうか読書会」

「閉館時間までね」

「せっかく来たんだから、その方が効率いいですもんね」

「皮肉に聞こえるけど」

「滅相もない。えーと、さらにちなみに、その後は？　まだ予定あります？」

何かに期待してたわけじゃない。

何となくの流れで訊いただけだ。

普通は訊くよね？　ここまで来たら、今日の最終的な着地点を。

「あるわ」

委員長はおにぎりの最後のひとくちを口に詰め込み、ろくに噛みもせず飲み込んで。

いつもどおり淡々とした顔でこう言った。

「図書館が終わったら、そのあとはホテルに行きます」

第五話

　そして今、僕は氷川（ひかわ）アオイの自宅にお邪魔している。

†

　もちろん初めは冗談だと思った。

『佐藤（さとう）さん。何かいやらしいこと考えてる？』

　みたいなノリでブリザード視線を送ってきて、単にホテルのラウンジだかレストランだかで食事をするつもりだった、という種明かしがされ、なんだよからかうなよー、あははごめんごめん、みたいなやり取りをして一件落着、デートの雰囲気がいっぺんに打ち解ける――そういうプランなのかな、と僕は考えたわけよ。

　ただの聞き間違い、というパターンもあるよね。

『そのあとはホタルに行きます』

とかさ。

季節的にホタルはないだろうと思いつつも、ホタルって名前のラウンジとかレストランかもしれないし、何かの比喩だったり隠語だったりするかもしれない。なんにせよガチな意味でのホテルよりは現実的だ。どうとでも対処できる。

冗談か、はたまた聞き違いか。

確認すれば良かったんだけど、そのタイミングは与えられなかった。

昼食を終えた委員長はさっさとベンチから立ち上がってしまったので、僕はあわてて後をついていって、図書館での読書大会が再開された。

いつにもまして本の内容が頭に入らなかった。

こういう時こそライフライン。

喜多村(きたむら)にLINEするか？　……いや、内容的にさすがにどうかと思うな。なんか面倒なことになりそうな予感。

ユミリには？　……うーん、これまた何とも。万が一にも本当にホテルへ行く展開だったとしたら、ちょっと気まずくない？　ていうかその場合は完全にミッションが成功しているわけだから、ヘルプを出す意味がそもそもないのでは？

あれこれ考えた末、

『意外とうまくいってるかも』

とだけ二人には伝えた。

『オイうそだろちょっと待てや』と喜多村。

『なら問題ないね。健闘を祈る』とユミリ。

それぞれレスが返ってきて、それ以降も喜多村は鬼のようにメッセを送ってきたけど、いちいちレスを返せるわけでもなく、そもそもホテル発言をどう解釈するかで頭がいっぱいでそれどころではなく、閉館までの長い長い読書時間をどうにかやり過ごし、委員長とふたりで図書館を出て、その足で真っ直ぐラブホ街へ向かった。

ガチだった。

え、いやこれマズくない？

何の用意もしてないよ？　心の準備も、物理的な用意も。

それと段取り的にもどうなんすかね？　初デートで図書館に行って一日過ごす、なんていう残念な展開しといて、手を繋ぐとかそういうこともなく、いきなりホテルて。

ていうか委員長、学校の制服着てますよね？

それでホテルに入るの、いくらなんでもマズくない？

「コスプレだと言ってごまかすわ」

委員長は平然と答えた。

いやいや。そういう問題か？

そんな言い訳で通るのか？　すぐにボロが出る気がするけど大丈夫？

いやまあわかってますよ？　こんな美味しい展開があるわけない、何かのオチが待ってることは計算に入れてますよ？　でもさ、冗談だろうとドッキリだろうと、入っちゃったら言い訳できないじゃないっすか。補導やら停学やらのコースまっしぐらじゃないすか。

「ホテルはだめ？」

いやだめでしょ普通に考えて。

「ならホテルじゃない場所へ行く。それで文句ないわね？」

†

というわけで。

僕は今、氷川アオイの自宅前まで来ているのだった。

まあラブなホテルに行くよりは一億倍くらいマシかもしれんけど。初デートでいきなり相手のお宅にお邪魔するのだって、かなりのショートカットですよね？

「入って」

ドアを開けて委員長が促す。

僕は「あ、うん」としか言えず、言ったきり足が動かず、委員長から「？」と首をかしげられる始末。

いや聞いて。仕方ないのよ。

あれよあれよという間に、ショックを受けている間に、不意打ちみたいにここまで連れてこられてしまったけど。そのこと以上に、僕は別の意味でも意外な思いでいたから。

団地だった。

委員長の家。いわゆる公営住宅。

正直に言ってしまうけど、僕にとってはショックだった。

理由はシンプル。団地がボロかったから。

そんじょそこらのボロさじゃない。雨どいやサッシの錆び具合、コンクリートの剥がれや腐食の程度。下手すりゃ戦前の建築なんじゃないか、って疑うレベルの古さ。というかこれ、廃墟じゃないの？　人住んでるのホントに？

ここが氷川アオイの家？　マジで？

「入って」

委員長がさらに促した。

これ以上ボヤッとしてるのも失礼か。背中を突き飛ばされるような気分で、僕は玄関に足を踏み入れた。委員長がしっかりドアを施錠して、チェーンまで掛ける。

玄関には靴がなかった。中にはどうやら誰もいないらしい。

緊張の度合いがさらに高まる。理由はふたつ。ひとつめは、つまりこの家には委員長と僕のふたりきりだという事実。もうひとつは、玄関から向こうの居住空間、その荒れっぷりだった。いわゆるゴミ屋敷。スナック菓子の空き袋、中身の入っていないペットボトル、食べ残しのあるコンビニの弁当箱、脱ぎ散らかした服や靴下、などなど。

　まともな家じゃない。

　若造の僕でもわかる。成立していない。

　これは崩壊した社会生活、あるいはぶっ壊れた人間関係の末路。

　思い出す。委員長が図書館に持ってきた、米だけのおにぎり弁当。そしてデートにまで制服を着てきたこと。

　必然だったわけだ。ごく単純に。なかったんだ他に。彼女には選択肢が。

　ちょっとしたランチを食べに行き、小じゃれた服を用意するだけの環境が。氷川(ひかわ)アオイにはなかったんだ。

「こっち」

　委員長がさらに促した。

　掃きだめになってるリビングの先に部屋がある。

　リビングに負けず劣らず、その部屋も散らかっていた。控えめに言って目も当てられないくらい。ゴミの山から見覚えのある教科書が覗(のぞ)いている。それに女子用の体操服なんかも。それと学園指定のカバンも。

つまりここが氷川アオイの部屋、ってことなんだろうけど。

「座って」

委員長がまた促した。

自分もベッドの端に腰掛けながら。

僕はいろんな意味で飲まれていて、またしても足が動かなかった。「座って」さらに促されて、ようやく僕はベッドに座る。ゴミだらけの家で、このベッドだけは妙にきれい。

「おどろいてる」

委員長が言う。

僕の顔を覗き込みながら。

まるで身体(からだ)の裏側まで見透かそうとするような、その仕草。委員長のクセなんだろうか。もう何度もこの目で今日は見られてる。

「ひどい家よね」

委員長が重ねて言う。

「でもこれが氷川の住んでるところ。感想は?」

「感想」

「どう思ってる?」

僕の脳みそはまだ現実に追いつかない。

ほとんど本能のまま、頭に浮かんだ言葉を口にする。

「ホテル」

「ホテル？」

「ホテルに行く、って言ってませんでした？」

「あれはブラフ」

委員長は言う。

相変わらず僕の顔を覗き込みながら。

「ホテルに行くお金なんてない。見ればわかるでしょう」

うん。ですよね。やっぱり。

すっかりだまされたなー。『いやいやホテルとか無理です！』『じゃあ氷川の家は？』『まあそれなら……』みたいな流れになっちゃったもんな。高度な戦術だぜ。見習いたいですそういうの。

納得すると同時に僕は気づく。

自分の置かれている状況。同級生の家。女子の部屋。

ふたりきり。ベッドに並んで。

やったぜ大チャンスだ！　と小躍りできるほどには、僕の神経は太くなかった。

「……えーと」

迷いながら口を開く。

「けっこう遠かったっすね。ここに来るまで」

僕が選んだのは時間稼ぎ。

苦し紛(まぎ)れなのは否定しない。でも他に何ができる？

「遠いわね」

じっと僕を見ながら委員長は肯定する。

「電車とバスと歩きで二時間。おかげでこの家のことは誰も知らない。その方が助かるわ」

「なんで助かるんです？」

「知られたら何かと面倒でしょ。同情されるのも軽蔑されるのもごめんだわ」

「友達とかは？　何て言ってるんです？　なんか言ったりしますよね、たぶん。何ていうか、委員長がこういう状況だ、ってのを知ってたら」

「何も言わない。だっていないから友達」

あ、そうなのね。

いやまあそうかな、とは思ってたけど。

僕とちがってコミュ力があるというか、委員長という肩書きとカースト最上位のご威光でもって、クラスメイトたちと普通にしゃべってはいるけど。プライベートで誰かと遊ぶ、みたいな話は聞いたことないもんな。部活もやってないし、誰かと一緒に帰ってる様子もないし。

「えーと、ちなみにですね」

「何かしら」

「ご両親は？　いらっしゃらない？」

「生きてるわよ。今ここにいないだけで」

「お仕事に行ってらっしゃる？」

「そうね。パチンコと競馬が仕事と言えるなら、そうでしょうね」

んがー！

なに余計なこと訊いてんだ僕！

「えーと、ちなみにまだ帰ってはいらっしゃらない？」

「帰ってこないでしょうね。いつものパターンなら、おおむねそう」

「じゃあ帰ってくることもありえる？」

「問題ある？」

「たぶん、あるんじゃないかと思いますけど。若干。そこそこ」

「大丈夫よ。あの人たちは知ってるから」

……ええー？

なんかこう、不穏な言い回しが聞こえてきましたよ？　想像の中で点と点が繋がったというか、状況が鮮明になってきたというか。

ご両親は知っている。

たぶん今日のことを。

娘のデートに気を利かせている理解ある両親――という絵図ではなさそうだ。

放任主義、ぐらいなら問題ない。育児放棄、ぐらいでもまだマシだ。

僕の想像はもっと、はるかにひどい。

この家の荒廃っぷり。委員長の思わせぶりな態度。博打(ばくち)に溺れる両親。やけにきれいなベッド。生活費はどうやって、ひねり出しているのか。

――すっ、と。

委員長が身体(からだ)を寄せてきた。

ベッドに置いた僕の手に、委員長の手が重ねられる。

饐(す)えた部屋だ。ひどく薄暗い。どこかじめじめしている。あちこちからカビ臭いような、恐ろしく古びた何かのニオイが漂ってくる。

それでも僕のそばからは。僕の隣からは。嗅いだ瞬間に脳みそがくらくらするような、ひどく刺激の強い香りがする。

香水じゃない。シャンプーとかセッケンとかそういうのでもない。

たぶんこれは、僕が知らない、これまで知るよしもなかったもの。

おんなのにおい。

「待った。待って」

「あなたって、会話が多い方が好みな人？」

「いやそういうわけじゃ。というかそういう話じゃなくて」

「普段は教室の片隅で息を殺してるし、人畜無害なので関わらないでください、って全身でアピールしてるけど。心の中では生意気な女どもをヒィヒィ言わせたくて仕方ない、そういう人よねあなたって？」

何で知ってんだよ。

いやホントに。何で知ってんの？

「念願が叶うわよ？　氷川をヒィヒィ言わせてみたら？」

「いや。そういうのはちょっと。現実では。自分ほんとに」

「じゃあ氷川がヒィヒィ言わせる」

さらに身体を寄せてくる。

肌で体温を感じられる距離。耳元にかかる吐息。

思わず腰が浮く。

それを見越していたかのように、委員長が僕の手をしっかり握る。

握るのと同時に、身体をいっそう寄せてきた。柔術とか合気道の要領。あっさり身体を

ベッドに押し倒される。ずるいよなスポーツ万能って。

「最近ね、自分がわからなくなる時がある」

僕を押し倒したまま委員長が言う。

「あなたとは抱いて抱かれて、傷つけ傷つけられて、そんな関係にあるべきだと思える。ビジネスとは関係なしにね。なぜかしら？　氷川の知らないところで、いつの間にかそういうことになっていた気がするの」

それでピンときた。

というか今さら思い至る僕は間抜けだ。

喜多村との一件でとっくに経験していることだったのに。

「……その件について、ちょっとお話できないっすか。僕、委員長にお伝えできることがあると思います」

「悪いけどおしゃべりは好きじゃない」

見下ろす委員長。

その顔は相変わらず冷徹そのもの――ではなく。薄暗い部屋の中でさえわかるくらいに、うっすらと頬が上気しているのがわかる。

目は爛々と――というか、比喩ではなく本当に、ぎらついて輝いているようにみえる。銀河の深淵できらめき、近づくものをすべて灼き尽くす、不吉な恒星みたいに。

くちびるが近づいてくる。僕は動けない。

まずい。

これ、なんかデジャブ。

喜多村もそうだった。あいつもいつの間にか裏返ってた。

何かないか。打開策。

視線を走らせる。

部屋をぐるり。藁をも掴む気持ち。

たまたま目に入ったのは写真立てだ。委員長の学習机の片隅に、それだけが埃を被らずに飾ってあるのを見て、思わず口走る。

「あれは？　お姉さん？　妹さん？」

委員長の動きがぴたりと止まった。

写真にはふたりの人物が写っている。小学生から中学生ぐらいだろうか。

女の子。並んではにかんでいる。ひとりは車椅子で、もうひとりは車椅子に寄り添うようにして。よく似たふたり。片方は氷川アオイで間違いないだろう。絶対零度の委員長がはにかんでいる、という時点でも十分にトピックスなんだけど、僕が食いついた情報はそっちじゃなく、

「お姉さんか妹さんかわからんけど、まだ帰ってこない？　もうすぐ帰ってくる時間だっ

たりしない？」

　話題をそらすのに僕、必死。

「急に帰ってきたりするとちょっとまずいんじゃ？　うん、ぜったい気まずくなると思うな。うん」

「帰ってこないわ」

「あ、そっか。もしかして入院してるとか？　車椅子だもんね。怪我とか病気とか？」

「いいえ。もう死んでる」

　んが、と。

　さすがの僕も黙る。

「殺したの。氷川が。だからお姉ちゃんはもう帰ってこない」

　……あー、もー。

　どんだけテンパってんだ僕。

　冷静に考えたらわかるだろ。なんか訳ありっぽいって。よりによってこんなドでかい地雷を踏むとか、我ながらひどすぎる。というか一気にいろんな情報が飛び込んできて混乱するぞこっちは。ただでさえパンクしそうなのに。

「だから気にしないで。ここには誰も来ない。絶対に」

「いや待って。誰か来るかどうかはあんまり問題じゃなくてですね」

「待たない」

委員長は笑った。

初めて見た。この人が笑うの。

ゴミ屋敷の掃きだめにありながら、ぞくっとするぐらい艶やかな。ひどく妖しい、底なし沼みたいな、いちど足を取られたら二度と抜けられない、そんな笑み。

同時に僕は気づいた。

花のにおいだ。

こんな場所で？　花の？　においだって？

ぺき、ぱき。

音がする。まるで凍てつく冬の道ばたにできた氷が、誰かに踏まれて割れる時みたいな。

音はすぐそばで聞こえる。目の前の委員長の。その背中から。いや、肩から、腕から、やがて全身から。その音は聞こえてきて——

花だ。まさしく。

委員長を苗床にして、花が生えてくる。

誰もが知っているようで、それでいて誰も見たことのないような花が。

ぺき、ぱき、ぺき、ぱき。芽を伸ばし、蕾をふくらませ、そして花弁を開かせていく。

そうして咲いた無数の花を、いわば身に纏った委員長は。

この上なく不吉で、この世のモノとは思えないくらいキレイで、そしてたぶん、本当にこの世のモノではなくなりつつある。

僕は顔をひきつらせる。

絶体絶命じゃん。

でもってこれたぶんだけど。この場所が、氷川アオイが住んでいるおんぼろ団地というロケーション自体が、この世のモノではなくなりつつあるのでは？

あわい、い、い、いの世界。

喜多村の時も経験した例のアレ。

おいおいどうするんだ僕？

いやどうするって。逃げるしかなくね？

「逃げられないわ」

委員長が言う。

その笑みは相変わらずの妖艶。それでいて凄絶。

荒い吐息が僕の首筋をくすぐる。

「逃がさない。ここには誰も来ないし、誰も入れない」

ぺき、ぱき。

ぺき、ぱき。

花は今もゆっくりと広がっている。

部屋に充ち満ちていく。氷川アオイとこの世界を、花々がゆっくりと浸食していく。

「でもいいわ。お望みなら逃げてみる？　好きに逃げて。きっと効率は悪いでしょうけど、それはそれで別な楽しみがありそう。氷川は今、とてもぞくぞくしてる。いいわいいわ、逃げて早く逃げて。そうしないと――」

瞳を三日月みたいな形にして。

氷川アオイは宣告する。

「あなたをとっても気持ちよくするわ。そうしたらきっと、あなたは本当の意味で逃げられなくなる。きっとヒトのままでは居られなくなるから」

困るなそれは。

自暴自棄になってた時期もあるけど、そういう形でリタイヤするのはノーサンキュー。というかまあ。

逃げようにも逃げられないんすよね。

身体が動かん。指一本さえぴくりともさせられない。口すら開かないからしゃべれもしない。手の打ちようがなさ過ぎて、逆に意識だけ冷静になってる感じ。

繰り返すけどアレだ。

絶体絶命だ。ガチで。

ぴーんぽーん。

と、その時だった。

チャイムの音。玄関の方から。

委員長が怪訝そうな顔をする。やった、誰か来た——僕は一瞬だけ安堵して、すぐさま不安な気持ちでいっぱいになる。

誰かが来た。

でも誰が？

だってここはもう普通の世界じゃないはずなんだ。目の前には委員長がいる。瞳を人外の色に輝かせた、身体中から得体の知れない花が生え始めている、率直に言ってヒトという枠からはみ出てしまっている、氷川アオイがだ。

ぴーんぽーん。

ふたたびのチャイム。

だけでなく、こんこんこん、とノックの音。

さらには、がちゃがちゃがちゃ、とドアノブを回しているらしき音。

果てには、明らかに玄関のドアが開く音までもが。

いやいや。

鍵、掛かってた気がするんだが？　委員長がドア締めて鍵を掛けて、ご丁寧にチェーンまでしてた覚えがあるんだけど。

混乱する僕をよそに、とた、とた、とた、廊下を歩く足音がする。

そして、

「やあ。お邪魔するよ」


ひょっこり顔を出したのは誰あろう、天神（あまがみ）ユミリだった。

もちろん僕はおどろいた。

でもそれ以上におどろいたのは、元に戻っていたことだ。

元に戻ったって、何が？

もちろん氷川アオイが。

異形化しつつあった委員長は、いつものすまし顔をした彼女に、いつの間にか戻っていて。あまつさえ僕をベッドに押し倒していたはずが、ちいさなテーブルの前に正座しており茶をすすっていた。というか押し倒されていたはずの僕もまた、委員長の隣に座って湯飲みを手にしていた。

つまりさっきまでの世界は。

僕の身に起きた絶体絶命のシーンは。

『なかったこと』になっていた。

不吉の花で充ち満ちていたあの部屋は、もうどこにもない。

「ご存じのこととは思うけど」

すたすたと、平然とユミリは歩いてきて。

僕の腕を掴んで立ち上がらせる。

「そこにいる彼はぼくの恋人なんだ。連れて帰っても構わないかな？」

「…………」

委員長はお茶をすする。

すすりながら怪訝そうに、

「おかしいわね」

「何がだい？」

「氷川はなぜここでお茶を飲んでいるのかしら。佐藤さんと」

「さてね。本来そうあるべきだったから、かな。君とジローくんは図書館でデートをして、何やかんやでこの家のこの部屋まで来て、お茶でもすすっているのが適切な関係だった。氷川くんっぽい言い方をするならば、それがいちばん〝効率がいい〟

「そう。ふうん。ええ、それじゃきっとそうなのね……」

そしてまた委員長はお茶をすする。

納得しているような、してないような。いつも通りの冷徹に戻った、それでいて今もまだ現実に戻れていないようなまなざしからは、彼女の考えが読み取れない。

「というか天神さん。あなたはここで何を？」

「大したことじゃないさ。お邪魔虫をしにきただけ」

「ここって氷川の家だけど。あなたをお招きした覚えがないわね」

「勝手に上がり込んだ無礼は詫びるけど、礼を失したのはお互い様ということで。いずれにせよここは仕切り直しさ。こういうことには空気ってものがあるからね。ぼくはそいつを読むことに長けているつもりなんだけど、どうかな？　ぼくの提案を受け入れてもらえるかい？」

†

委員長の家を出た。

バスを待って電車を乗り継ぎ、見慣れた自宅のそばまでたどり着く頃にはすっかり夜になっていて、僕らは僕の家の近所にある公園に立ち寄った。

その間、ひとこともしゃべらなかった。

ユミリは僕のそばに寄り添って、これまたひとこともしゃべらなかった。

そしてこれはとても意外なことだったんだけど、彼女との無言の時間はさして苦にならなかった。二時間にわたって天神(あまがみ)ユミリは口を開かず、それでいて居心地の悪い気分になることもなく、僕のそばに居つづけた。

空気を読むことに長(た)けている、とうそぶいたのは伊達(だて)ではなかったらしい。

自在を自任する世界のお医者さんは、なるほど、患者に寄り添うのもお得意でいらっしゃる、ということか。

「どうだい？」

夜の公園でブランコに並んで座って。

そこでようやくユミリは訊(き)いてきた。

「……どうだい、って何が？」

「今の気分さ。ジローくんの率直な気持ちというやつを、聞いてみたいと思ってね」

「放心状態」

お望み通り、率直に僕は答えた。

「何が何なのかわけわからん。今日っていったい何なんだっけ……えーっと、僕と委員長の初デートだったよな。最初はまあ、普通だったんだ。普通じゃないところもあった気がするけど、それでも普通の範囲に収まってたと思う」

僕は話して聞かせた。

氷川アオイから提案されたデート。

図書館で黙々と読書。お世辞にも美味しくはない白米オンリーおにぎりの昼食。

ホテルのお誘い。

からの、廃墟じみた氷川家へのご招待。そこからあわいの世界へまっしぐら。

からの、ユミリの救いの手。

一応は普通の範囲だったものが、一瞬で暗転して。どこで切り替わったかさえわからないくらい、鮮やかに一転、そして二転して。いま僕は公園にいる。

「いろいろありすぎた。僕にはもうわけがわからん」

「正常な判断だね」

ユミリは頷いた。

頷いてブランコをこぐ。

ぎぃこ、ぎぃこ。さび付いた鎖がきしむ音があたりにひびく。

公園には宵っ張りの子供連れ。休日出勤のスーツ姿。鉄棒を使ってストレッチしているスポーツマン。

　文句の付けようがないくらいの日常っぷり。

　ホッとする光景だ。さっきまでたぶん、かなり危ない橋を渡っていたであろう、僕の目からすれば。

「じゃあ質疑応答だジローくん。何か訊きたいことは？」

「訊きたいこと？」

「何もないならいいけれど、さすがにそういうわけにもいかないだろう。何でもお答えするよ。答えられることならね」

　訊きたいことは山ほどある。

　いちばん訊きたいのはお前のことなんだけどな、ユミリ。

　でも僕みたいな雑兵は、目の前のことに対処していくしかない。

　委員長。

　氷川アオイについて、僕は知らなきゃいけない。

「何が起きたんだ？　説明してくれ。なるべくわかりやすく」

「難しい話じゃない。むしろシンプルで、しかもジローくんはすでに経験があることだ」

「もったいぶらずに。早く」

「じゃあひとことで言うよ。氷川アオイは『発病した』」

発病。

なるほどひとことだ。

それでいて端的かつ的確な表現でもある。

喜多村（きたむら）トオルとの一件がデジャブする。あいつが怪物になり、『あわいの世界』とやらが出現し、ユミリが死にかけ、そしてどうやら僕が解決したらしい、誰かさんに言わせればチュートリアルだったあの事件。

好き勝手な夢を見ることができる僕の力。

世界の癌（がん）であるところの僕がまき散らした、病の種。

それが氷川アオイを苗床にして芽吹いたわけだ。

まさしくマッチポンプ。僕は、僕が蒔（ま）いた火種を消して回らなきゃいけないのか。

「君という病は、ヒトの心の弱みに巣食う」

ユミリが解説する。

「氷川アオイはその点、格好の苗床だったろうね。おそらくジローくんは気づいていることだろうけど」

「心の弱み？　委員長だぞ？　誰もが認める、それこそ学校側も認めて全幅の信頼を置いている、天下無敵の氷川アオイだぞ？」

「表向きはね。おそらくひた隠しにしていただろうけど、生活は最悪に荒れている。荒れているというか、搾取されているというべきかな？　氷川（ひかわ）くんのご両親が彼女をまっとうに育てているとは思えないからね。むしろ氷川くんがギャンブル狂いのご両親を養っている、と考える方が自然にみえる。身体を張って稼いでいるわけだ。これまた状況から判断するにね」

それは本当に最悪だろう。なんて分かりやすいどん底。

醜悪でさえある。

「いやでもマジかよ。まだ信じられないよ僕は。ていうかウチの学校は何してんだ？　そういうのってさすがに把握してんじゃないの？　それでも委員長の置かれてる状況を放置してるってか？　ドン引きなんですが」

「放置しているだけならね。まだドン引きで済むかもしれない」

「なんだそれ。どういう意味？」

「こう考えてみたらどうだいジローくん。たとえば彼女の『顧客』に学校関係者がいたとしたら？」

凍りついた。

いやまさか、と思う一方で、妙に納得している自分がいる。委員長と学園側の、ちょっと異様なまでに密接な関係は、様々な連想のヒントになるには十分すぎる。

「いずれにしても状況は急を要する」

ユミリが眉間にしわを寄せる。

「おそらく喜多村くんの時よりも状況は悪い。先ほど少しばかり接触してわかった。氷川くんはシンプルに危険だ。闇が深いぶんだけ、抑圧が大きいぶんだけ、その後の反動も大きいとぼくは診断する。さっきは幸いにして事なきを得たけれど。実際はかなり——いや、深刻なレベルであぶない状況だったよ」

ユミリの声の調子はいつもと変わらない。

自在を自任する彼女は、喜多村の件で死にかけた時でさえ、声の調子を変えなかった。でも逆に、それだけにじわりと来る。ユミリが『深刻なレベル』と言うからには、本当にそうなのだ。付き合いがちょっとは深く長くなった今、それがよくわかる。

「でも逆に良い状況とも言える。前回ほど突発的な事態にはなりにくそうだからね。性格の違いなんだろうさ。喜多村くんはいささかせっかちだけど、氷川くんは総じて思慮深い。それが病状の進行の差として出ているんだろう」

「どうするんだ？」

僕は訊く。

「話は大体わかった。なんとかしないとダメだろこれは」

「まあね。例によって世界の危機、だからね」

「どうすりゃいいんだ？　前の時とちがって、今はちょっと余裕があるんだよな？　用意とか対策とか」

「うん。そうだね」

「委員長が喜多村(きたむら)みたいに変わっちまったらマズいんだろ？」

「うん。それはもちろん」

煮え切らない。

珍しいことだ。天神(あまがみ)ユミリといえば天衣無縫、立ち塞がるものはバッタバッタと切り倒し、なぎ倒していくのが常だろうに。なんなんだこの歯切れの悪さは。

「言ってくれよユミリ。何かやらなきゃいけないんだろ？　いくら僕がヘタレの陰キャでも、さすがにここは何かやるよ。やらんとあかんだろ。たぶん僕には何かができるだろうし、何かをやらなきゃとも思ってるんだ」

ほんの短い間だ。

僕と委員長が、なんやかやで一緒に行動したり、あれこれしゃべったりしたのは、まだ最近のことなんだ。その前まではろくに接点なんてなかったんだ。僕が一方的に彼女を『わからせ』ようとしてただけで。

だけど委員長は、氷川(ひかわ)アオイは、もう他人じゃない。深入りしちまったんだよ。僕自身が蒔(ま)いた種かもしれんけど。いろいろ見てしまったし、知ってしまったんだ。

「うーん……」

ユミリは唸りながら考えている。

夜の公園。

風が樹木を揺らす音。どこかの道路で車が走る音。湿った土のにおい。

「あまり気は進まないけど、仕方ないな」

ポツリとユミリが言った。

「ジローくん。まあまあな修羅の道だよ。それでもいいならぼくから提案がある」

「……修羅の道って、どのくらい？」

「まあまあな、だよ」

「いやだから具体的には？」

「言わない」

なにそれ。

危険なニオイしかしないんですが。

「君、男の子だろ？　こういう時は堂々と頷くべきだと思うね」

そういう論法を持ち出されてもなあ。

正直なところ不安と不満がたらたらだ。でも彼女の言う通り、ここは頷くしかなさそうである。自分の利害にも直結してそうな話だしさ。

「わかったよ納得する。お前の提案を聞かせてくれ」

「いい返事だ。ぼくは君のことがますます好きになったよ」

おべんちゃらはよせ。

「本音なんだけどなあ」

いいから。

提案ってのは何なんだ？

「ええとねジローくん」

ユミリは僕の方を向いて、ニコリと笑った。

とてもいい笑顔だ。ファッション誌の表紙を飾ったら売り上げが十倍になる。だけど僕の不安は最高潮。このパターン、ぜったいロクなことにならないやつだよな？

そして彼女は案の定、こう言ったのだった。

言ってる内容とは裏腹な、やっぱりとてもいい笑顔で。

「君、ちょっと死んでもらってもいいかな？」

第六話

それから僕は学校を休んだ。

もちろん仮病だ。オカンにはどうしてもと頼み込んだ。どうしてもこの休みが必要なんだと、ただし理由は言えないと。

しばらく考えてオカンは「好きにしてみなさい」と認めてくれて、僕は借りがひとつできた。借りなんて作ってる場合じゃないんだけどな。僕に課せられたタスク、ナンバー⑤──母親の変調だって、放っておくわけにはいかないんだし。


ちなみにその間、委員長も学校を休んだ。

これは偵察役を引き受けてくれた喜多村トオルの談だけど──細かい話についてはまた、後ほど。


で、その間。

僕とユミリがいったい何をしていたか。

†

「もちろん特訓だとも」

ユミリは言った。

氷川(ひかわ)アオイの家で危うきを脱した、当日の夜。

場所は僕の夢の中。

「陳腐だけど有効な、そして多くの場合は他に選択肢がなくなってやむなく選ぶ方法さ。短期間に集中して訓練することで、目的のために最低限必要なスキルを身につける。さあ始めようかジローくん」

「いや待て。ちょっと待てや」

僕は手と首を振るゼスチャーをする。

無人の城、招待客が誰もいないがらんどうで、僕とユミリは対峙(たいじ)している。ペスト医者姿のユミリは全力の臨戦態勢。トレードマークである杖(つえ)を巨大なメスに変えて、サバンナの肉食獣みたいに身をたわめている。

いやちょっと待て。

説明は？　これから何を始めるの？　目的は？

「決まってるさ」

どんっ、と。

床を蹴立てて襲いかかってきた。

反射的に僕は身をかわす。

ざがんッ！

夢空間の床が、破片をまき散らしてえぐり返される。自分の夢の世界だから可能だとはいえ、よく逃げられたな僕。

「君は氷川アオイを何とかしたい。そのためには今の君のままじゃダメだ。というわけで特訓する。理に適っているだろう？」

「いやなんでその特訓がバトルなんだよ!?　死ぬじゃん僕！　お前のやべえ武器はシャレにならんのだが!?」

「ぼくと初めて出会った頃を思い出してほしい」

と言ってる間にも、ユミリが突撃してくる。

僕は冷や汗をかきながら避ける。床が弾ける。

「君、夜ごと死んでたよね？　君は度重なる死に耐えた。耐えて、ぼくが匙を投げかけるくらいの耐性を身につけた」

「いやいや。それって。昔の話っていうか」

「昔の話じゃない。今日まで地続きの話さ。現に君はまだ生きている。なぜなら今こうして、ぼくの初撃をかわしたから。一昔前なら考えられなかったことだ。ぼくのオペを受けて耐えて、その結果君が身につけた耐性のたまものさ。ぼくの治療が君を成長させているのは明らかなんだよ。不本意ながら——ねッ！」

ぎゅんっ！

巨大メスが振るわれる。

僕は転がるようにしてバックステップ。ユミリが追ってくる。袈裟懸けに一撃、横薙ぎに一撃。鼻先をかすめてどうにか避ける。脂汗がたらり。声が震える。

「ままま待て。いやいや。待って。マジで」

「悪いけど時間がない」

ユミリが再度メスを構える。

様になる構えだ。槍術と長刀術に、中国武術を足したような——素人目にだけど、そんな流儀に見える。

もちろんハッタリじゃあないだろう。これまた素人目ながら、実戦慣れしてる雰囲気が見て取れる。むしろまだ無事でいられることが奇跡。

「なぜなら時間との勝負だからね。これでも最高に悠長な方法を採っているつもりだよ。特訓なんてやっている今この瞬間にも氷川アオイが本格的に発病したら、状況はいっそう難しくなる。それまでに上手いこと覚醒してもらいたいんだジローくん。君にはそのポテンシャルがある」

「覚醒って？　何を？　どうやって？」

「夢を乗りこなせ、、、、」

ユミリはメスを構え直す。

何なのこの、食うか食われるかのガチ感は。

「イメージだよジローくん。想像の力がすべてを律するんだ。そもそも君とぼくが、、、ここで、、、、こうしていること自体が、物理的な現象ではないよね？　だけど現実には物理的な現象に等しいものとして君は感じているはずだ。そこに答えがある」

「いや。言ってる意味がわからん」

「だろうね。だから感じてもらう方が早いのさ。こうして、ねッ！」

メスを振るった。

とっさに腹に力を込めた。ボクシングでボディを鍛える要領。

食らった。

吹っ飛ばされた。

ダンプカーにはねられたみたいに転げ回る。それでもどうにか無事。何か知らんが防御が上手くいったらしい。

「待て！　他に方法は⁉」

「ない。だって君の蒔いた種なんだから、君が刈り取らなきゃ。あるいはこう言い換えてもいいよ。『自分のケツは自分で拭け』」

ぐうの音も出ない。

いや、でも、ええ？

マジで？　他に方法ないの？

「ちなみにこう見えてぼくは忙しいんだよ。世界の危機は他にもあるから。全部に対処することは不可能だけど、全部を放っておくわけにもいかない。自分で言うのも何だけど、ぼくはいつだってハードモードなんだ。これから先、君は精神的に参って寝込んでしまうだろうけど、その間もぼくはボランティアに勤しまなきゃいけない。他に質問ある？　ないね？　じゃあ続けようか」


そして僕は死んだ。

半分は比喩で半分は事実。いや死んだよホントに。

最初にユミリと出会った頃、毎朝僕は悲鳴をあげて飛び起きていたものだけど。特訓の初日の翌朝、目が覚めた僕は声もあげられないくらい疲れ切っていた。

転げ落ちるように一階へ下りて、目に付く食べ物を片っ端から口に入れ、そしてすぐさま泥のような眠りに落ちた。

夢は見なかったよ。

そんな余裕はどこにもなかったからな。

†

——ま、特訓のシーンなんてご覧に入れても仕方ない。基本的に僕が血ヘド吐いてるだけだからな。

それよりも喜多村（きたむら）だ。

氷川（ひかわ）アオイに関する情報収集を頼んでいたあいつがやってくれた。

シゴキが始まって三日目。

わずかながらもくたばるのに慣れてきて、雪山で遭難した登山者みたいな有様でどうにかスマホを操作できたその日。僕のワトソン君は、僕に直接会って、依頼の結果を語ってくれたんだ。

「ヤバいと思う」

簡潔に喜多村は総括した。

「ヤバいっつーか、危なっかしいつーか。イくところまでイっちまってるつーか。とにかくアイツ、たぶんダメだわ。もう終わってる。手遅れなんじゃねーかな……あんま無責任なこと言えんけどさ」

ヤバいって何が？

「中身が。いや悪い意味じゃねーんだよ。アオイはたぶん何も悪くない。でも確実に最悪だ。ヤベーニオイがぷんぷんする。あいつ、よく普通に学校生活やってたよな」

具体的に？

何がどうヤバい？

「まあ……環境？　ひとことで言ったら。人生の移り変わり？　みたいなさ。わたしもそこそこ落ちぶれた方だと思ってるけどさ、アオイのはちょっと……うん、まあ。わたしがどうこう言うことじゃねーけどさ。それでも何ていうか……なあ？」

そう言って喜多村は語ってくれた。

氷川アオイのヤバい話、ってやつを。

†

「昔はそうでもなかったらしいんだよ。

アオイの話な。さっきも言ったけど、ちょっとわたしと似てるとこあるんだ。

あいつ、たぶんそういうの話したことないだろーな。ウチの学校のやつらにはさ。周りの誰にも言ってなかったと思うわ。わたしが集めてきた話って、ほとんどあいつの小学生とか中学生時代の同級生から、だったし。

まあとにかくさ、聞いてくれよ。

昔の氷川アオイは割と普通だったらしいよ。ご両親がちゃんといて、まともに働いてて、住む家もあって。でもってホラ、あいつ頭いいじゃん。運動神経もいいし。ご両親的には自慢の娘、みたいな感じだったってよ。

んで、責任感も強かったらしくてさ。小学校の頃からずっと委員長だったたって。なんか笑えるよな、委員長になるために生まれてきたみたいなヤツ？　っていうか。まあ真面目なんだよな基本的に。でも逆に言うとそれってさ、いろいろ抱え込んじゃう性格だ、ってことも言えるんだよな」

「意外に面倒見もよくて、見た目もカワイくて。だから今よりは友達もいたっぽいよな。人付き合いも人並み以上にしてたっていうか。

わたしが話を聞いたのは、アオイの昔の友達からなんだ。あれこれツテをたどったり、突撃取材みたいなアポなしであちこち駆け回って――いやまあわたしの苦労話はどーでもいいんだ。アオイの話だ。

とにかく、ぜんぜん悪くなかったんだあいつは。まともな親御さんがいて、友達もそれなりにいて……。

でもって、そう。

言い忘れてたわ。大事なこと。

あいつお姉さんがいたんだってさ。双子の」

「双子だけど、アオイとはあんまり似てなかったって。身体が弱くて、病気ばっかりしてて、学校とかもあんま行けてなくて。何ヶ月も休んだり、入院とかしてたらしい。

だからアオイと違ってさ、そっちのお姉さんの方はあんまり情報入ってこなかったんだけど。アオイとは逆の性格してたっぽいな。

とにかく正反対のふたりだったらしいけど、仲は良かったってさ、姉妹の。お姉さんが乗ってる車椅子を押して、よく公園なんかに行ってたとか」

「でも、だんだん狂ってった、ってことらしい。氷川家がさ。詳しいことはよくわかんなかったけど、なんか宗教とバクチにハマったとかなんとか。

その前からご家族に不幸が続いたらしくて、それで、って話だけど。最後は夜逃げ同然に引っ越しちまった、って話。

そんでまあ。

これはホントにあくまでもウワサ、って範囲の話だけど。宗教とバクチにハマってからは働いてなかったらしくてさ、ご両親。

んでも生活保護を受けてるとか、他の親族に助けてもらってるとか、そういう感じでもなかったらしくて。

それでいてさ、毎日休まずに学校に来てるアオイは荒れた雰囲気とかなくて。口数は減ったし性格も変わったけど、それでも完璧な優等生で、身ぎれいにもしてたらしくて。わりと不思議だな、って思う人もいたって。ご両親とかは明らかにダメな感じになってるのに、アオイだけがちゃんとしすぎてて、むしろ浮いてたって。

まあでもそこまで不思議な話じゃないよな？　昔はご両親もちゃんと働いてたっていうし、貯金がたくさんあったとしてもおかしくないし。

入院ばっかしてたらしいお姉さん？　にしたって、保険とかうまく使ったら医療費がそんなにかからない、みたいなこともあるだろうしさ。たぶんだけど。

宗教にハマったとしてもさ、みんながみんな一文無しになるまでむしり取られるわけじゃないだろうし。じつはご両親の実家が太かった、とかな。それだったらお金に苦労することもないだろ？

あと宝くじもあるかな！　当たればデカいからなーとにかく。働かなくても食っていけるんだから、宗教にハマってもバクチにハマっても痛くも痒くもないよな！　うらやましいなー、わたしもお金には困ってない、みたいなセリフ言ってみたいわ。

だから、まあ、うん。

別に不思議じゃないから。

要らないだろ。ホントかどうかも怪しいウワサの報告なんて」

†

そこでついに言葉を濁した。

流れるように語ってくれた喜多村がそっぽを向いた。その横顔が苛立ちに満ちている。

腕を組んで、ちっ、と舌打ちして、眉間にしわを寄せている。

僕は訊いた。「妙なウワサとか聞かなかった？　たとえば委員長の家に不特定多数の男が出入りしてた――みたいなの」

「…………」

喜多村は返事をしなかった。

いいやつだ。僕は訊いたことを後悔した。

「だってさあ！　おかしいじゃん！」

吐き捨てるように喜多村(きたむら)が言う。

「だって聞いた話がホントならさ、そんな頃からアオイはずっとそんなことして——おかしいじゃんそれ。わたしは信じない。あいつとそんな仲いいわけじゃないけど。なんかしてやれたわけでもねーけど。でも腹立つわ。何なんだよその話。おかしいよ。わたしは信じねー」

傷ついた子供みたいに『信じない』と繰り返す喜多村に、僕は何も言ってやれなかった。

僕だってショックだった。

僕は喜多村とちがって、委員長の家と部屋をこの目で見ていたから。

いやまあ。ショックだったなんて、僕が言えるセリフじゃないかもだけど。なに偽善者ぶってんだ、って言われたら反論できないんだけどさ。

「お前、有能だったんだな」

僕は言った。

ねぎらいの言葉ぐらいは必要だろう、と思って。

「よくそんだけ情報あつめてくれたよ。そんだけのスキルがあったらどこ行っても食っていけるわ。変な仕事頼んで悪かった。お返しはちゃんとする」

「んなのどーでもいいから。どうすんだよこれ？　アオイのこと放っておくのか？　あいつ今日も学校休んでるじゃん。あの優等生がさ。ぜったいおかしいって。なんかあるんだろこれ」

あるよ。

さすがに黙秘するけど。

「つーかわたしさ、言ったんだよ。ウチの担任とか、他の先生とかに。ジローに話す前にさ。調べてるうちにわかったからさ、なんかヤバい感じだこれ、って。だったら先に話を通しておくのは筋だと思ったからさ。だってそれが大人の仕事だろ？」

「先生は何て？」

「なんにもだよ！　あいつら何もしやがらねー。煮え切らねーんだよ、わたしがちゃんと事情を説明してんのにさ。自分とこの生徒が明らかにピンチっぽいじゃん？　それなのになんもしやがらねーんだ。『あとは大人に任せなさい』とかテキトーなこと言ってさ、じゃあ具体的にどうすんだって訊いたらロクに返事しやがらねーの。ふざけてんのかあいつら？　自分の生徒の問題だろ？　頭腐ってんのか？」

腐ってると思うよ。

頭というか、たぶん性根がさ。

でもしょうがないよ喜多村。だってこれ、学校側は知ってて黙ってる可能性だってあるらしいんだから。もし本当にそうだとしたらどんだけアレなんだ、って話だけど。

「で？　どうすんだマジで」

喜多村（きたむら）が僕を睨む（にらむ）。

「なんでジローが委員長のこと調べる、なんて言い出したのかわからんけどさ、なんか知ってたんだろ？　お前も学校休んでるし。どうすんだ？　お前の方がわたしより頭いいだろ？　なんとかできるんだろ？　なあジロー？」

†

なんとかする、と約束した。

喜多村は十分に仕事をしてくれた。「なんかやれることあるか？」と申し出てくれたけど断った。

「これは僕の問題なんだよ喜多村」

そう僕の問題。

僕がきっかけになって表沙汰になったトラブル。自分のケツは自分で拭け。

†

特訓という名の促成栽培、あるいは人体実験が続く。

言葉にすると簡単だけどこれ、地獄だぞ？

だって死ぬんだから。僕の主観ではガチで殺されてるんだよユミリに。

それも一晩で何度も何度も。

夢の中で死んで、夢の中で蘇って、それを何度も繰り返して朝になり、ようやく眠れたと思ったらもう夜になっていて、また死んで蘇ってを繰り返す。

正直、泣いて命乞いしたね。おしっこも漏らした。

でもユミリは許さなかった。「君がやれるだけのことをやるんだろう？　氷川くんのために一肌脱ぐと決めたなら、最後まで貫き通すんだね」

正論だ。

でもあいつマジで鬼だと思う。ここまでキツいと知ってたら、果たして僕はこのシゴキを受け入れていたかどうか。口は災いの元だなまったく。

†

そしてXデーがやってきた。

「タイムアウトだ」

特訓が始まって五日目。

その日の夜、僕の夢に現れたユミリは開口一番にそう言った。

「氷川アオイが間もなく完成する。見切り発車するしかない」

「マジかよ。ていうか僕、具体的に何をすればいいのかぜんぜん分かってないんだけど？　何とかできるようになってんのか僕って？　ひたすらお前からボコられるのに耐えてただけなんだが？」

「まずは状況を確認しよう」

ユミリはいつものペスト医者姿だ。

「氷川アオイはもう限界だ。彼女は学校を無断欠席しているけど、実情はもっとはるかに悪い。実を言うと、彼女はもうこの世のモノではなくなっている」

「……どゆこと？」

「ジローくんという病に冒されて、怪物になって、この現世から自分を切り離したのさ。氷川くんはここしばらく自分の家に閉じこもっていたけど、あそこはもう、ぼくや君が知っている古びた団地じゃない。氷川くんは自分の残像、あるいは残りカスだけを現実に置いて、自分と自分の住み処を丸ごと異界化させたんだ」

理解が追いつかねえ。

でも言葉の上っ面は理解できた。

つまりとてもヤバいことになってるのね？

「氷川アオイという名の種は芽を吹き、枝を伸ばし、やがて花を咲かせるだろう。最後に残るのは破滅の果実だ。そうなれば彼女はもとより、現実世界があやうい。これ以上放置するのはリスクが高すぎる」

「どうすりゃいいんだ？　委員長の家に行ってなんとかするのか？」

「行っても無駄だよ。現実世界における氷川くんの家はもぬけの殻だ。誰もいやしないし、誰も異変が起きていることに気づかない。言っただろう？　彼女は自分と自分の住み処を丸ごと異界化させたって」

「何なんだよそのイカイカってのは。けっきょく委員長はどこにいるんだ？　委員長が目の前にいないことには始まらないだろ？」

「おや。もう察していると思ったけどね。自明の理、ってやつだから」

お前なあ。

悪い癖だぞユミリ。

もったいぶってる場合か？　なんだか知らんがタイムリミットになってんだろ？　方法があるなら教えてくれ。やるから。そのためにこの五日間、文字どおり死ぬような思いをしてきたんだから。

「失礼。ではさっそく」

そう言ってユミリは僕の手を取った。

なんだ？　これからフォークダンスでも始めようか、ってな仕草だけど。さすがの僕もこのくらいじゃあわてませんよ？　柔らかい手のひらの感触がダイレクトに伝わってきたところで、ペスト医者の姿じゃぜんぜん響かないんだからな？

「とか言いつつも君、ずいぶん早口になってるし顔も赤くなってるけどね？」

くっくっ、と笑って、ユミリは僕の手を引いて歩き始めた。

歩く。

って、どこへ？

ここは僕の夢の中。僕による、僕のための、僕だけの空想の世界。どこへ歩いたところでどこへも行けない――と思っているうちにユミリは歩く速度を上げる。

歩きから駆け足へ。

駆け足から全速力へ――ていうか、まだスピードが上がって、新幹線みたいな、いやそれすらあっという間に飛び越えてジェット機。いやていうかなんだこれ。早すぎて身体が持っていかれる。いやむしろ千切れる。Gがエグい。ちょ、待、

「イメージだよジローくん」

さらにスピードが上がる。

僕の意識はおおむねブラックアウト。

いやいや。何度も言うけどここは僕の夢の中で、僕が好き勝手にできる世界よ？　なに

この、得体の知れないコンピューターウイルスにハッキングされて、意識はハッキリしてるのに身体は言うこときかないみたいな感覚は。

ていうか、そもそも何なのこれって？

どこへ向かってんの？　どっかを目指して移動してんだよな、これって？

「目には目を。歯には歯を。夢には夢を」

ユミリが言う。

言ってる。たぶん。トんでる僕の意識がそう感じてるだけなので、実際にはテレパシー的なやつで伝えてきたのかも。

「忘れたのかい？　ぼくは自在なんだよ」

わからん。

つまりどういうこった？

「入り込むのさ。氷川アオイの夢の中に」

何も見えなくなった。

たぶんまだ速度は上がっている。

音速さえはるかに超えて、きっと光の速さにまで迫ろうとしている。

意識はぶっ飛んでいるはずなのに、感覚の一部だけがやけに冴えている感じ。

手のひらの感触だけ。温かいユミリの。それだけが僕の感じるすべてになって、どうやら光の速さも超えて、たぶん本当に身体が千切れて、バラバラになって、陽の光を浴びた吸血鬼みたいに塵となって、粒子に成り果てた、そんな気がした、どうやら何かの限界を超えたその瞬間。

どんっ、と。

重たい空気の層に包まれたような、あるいはスカイダイビングしてパラシュートを広げたみたいな。感覚。

速度が急速に収束する。

気づくと僕は意識を取り戻していた。

「おみごと」

声がした。

ユミリの声だ。

「一皮むけたね君。壁を突き抜けたよ。本来なら超えることのできない、意識と精神の壁をね。ジローくんには才能がある、イビり倒した甲斐があった」

ユミリを見た。

わお、と思った。

不謹慎だろうか？　でも本音だ僕の。

「とてもいいよジローくん。その反応」

見とれている僕。

気まぐれな猫みたいにニンマリと笑うユミリ。

「この姿はちょいとお久しぶりだ。君のお気に入りだよね？　この格好。まあ君のウケを狙ってカスタマイズしてるんだけど」

お久しぶりは言い過ぎだろう。

でも気分的には確かにお久しぶり。

ペスト医者姿から一転、勇ましくも煌（きら）びやかな白衣スタイルだった。

巨大でエグくて、でもどこか雅（みやび）なカタチをしたメスが、ぎらりと銀の光をたたえている。

やっぱイイよな変身って。

ズルいわこんなの。醜いアヒルの子が白鳥になって羽ばたいたら、そりゃ心に響くってもんだろ？

でもって、ユミリがペスト医者の姿をやめてこの姿になった、ってことは。

「……なんじゃあ、こりゃ」

遅まきながら気づいた。

いま僕がいる場所。

目の前に城がある。

城、と言ったけど、実際には何なのかわからない。

デカい構造物だ。

植物らしきもので構築されている、いびつな何か。

蔦(つた)のような、枝のような、葉のような。そんなのが複雑に絡まって体積を増やし、広々と広がり、高々とそびえ立ち、既存の言葉で表現するなら城、としか言いようがない何かを形作っている。

造形もさることながらその色調よ。

ブルーを基調に、金のような銀のような何かでギラギラとラメってたり、水に浮いた油のように虹色だったり、植物とは言ったけどまるで金属のように硬そうで、あるいはゴムのように弾力がありそうで。なんか見ていて脳がチカチカする。

なんじゃこりゃ？

なんなんすかこれ？

「『夢』だよ。氷川(ひかわ)アオイが見ている夢がこれさ」

ユミリが言う。

僕は「夢」とオウム返しに答えてもう一度それを見る。

これが。

委員長の見てる、夢。

まるで、イカれた芸術家がいまわの際に残したオブジェみたいな。

これが氷川アオイの見ている夢だって？

「ジローくんの見ていた夢がいかにまっとうか、よくわかる例だね。君の欲望はよかった。シンプルで瑞々(みずみず)しくて威勢がよくて——だけどこの夢に現れている深層心理は一筋縄ではいかなそうだ」

ユミリがメスを構えた。

そこでようやく気づいた。

何か来る。

ゔゔゔゔゔん、と羽音のようなものを立てて。何かが近づいて来る。

「防衛本能だね」

うげえ。

何だこれ？

目の前に変なのがいる。

鳥のような虫のような。バレーボール一個分ぐらいのサイズの、クリーチャーみたいなのが。ゔゔゔゔと耳障りな音を立てて。

「人体でいえば免疫に相当する。白血球のようなものさ。ぼくたちを異物だと判断しているわけだ。もちろん話は通じない」

「ど、どうすんだ？」

「押し通る」

来た。

防衛本能とやらの先兵。

球体っぽい形に、コウモリのようなトンボのような翅をくっつけたそいつがこっちに迫ってきて、牙がずらりと並んだ口らしきものをがばりと開ける。

銀色が一閃。

真っ二つ。焼き尽くした紙切れのようにクリーチャーが掻き消える。

なんだ。びびって損した。大したことないじゃん。

「そんなわけないだろう」

呆れ声のユミリがあごをしゃくる。

くちびるが引きつった。

城の方から。何かが出てくる。無数に。ぶうぶうぶうと羽音を立てて。

バレーボールだけじゃない。運動会に使う球転がしぐらいのヤツも。中にはちょっとした気球ぐらいありそうなデカブツまで。

「ぼくらのミッションは、氷川アオイに巣食う病を切除すること」

ユミリがメスを構え直す。

「城の中心に氷川アオイはいる。ジローくんが自分の城の玉座に座って夜ごと宴を開いていたようにね。まずはそこまでたどり着かないと話にならない」

「……どうやって？」

「もちろん押し通る。ちなみにぼくが君の夢の中に入り込む時も同じことをしている」

まじすか。

いやでもそうか。僕の夢と委員長の夢が似たようなものだとしたら、防衛本能とやらも同じように働くよな。

いやでもさ。

目の前に近づいてくる、あのクリーチャーの群れ。

見るからにヤバいんだが？

ユミリがあれを全部？　なんとかするの？

「ご冗談を。キリがないよあんなの全部相手にしてたら。突破口を開いて道を作る。ぶっつけ本番で悪いけど、人生えてしてそんなものさ。よろしくねジローくん」

「え、いや。よろしくて？　なにを？」

「何のために君をシゴキ倒したと思ってる？　こういう時の頭数を増やすためさ。怖じ気づかれると困るから黙っていたけどね」

まじすか。

え、いや、でも。ええ？

こうしてる間にも近づいてくるクリーチャーたち。

近づいてくるというかこれ、包囲されてる。逃げ道はない。

何匹いるのか数える気にもならない。包囲網、というか、包囲壁。圧がやばい。あいつらが出てきた奇怪な城のサイズ感もヤバかったけど、化け物が百鬼夜行もかくやと距離を詰めてくる、この絶望感よ。

「さあて」

ユミリが構える。

両脚をしっかり開き、巨大なメスを両手持ち。

ぎゅいん、と音を立ててメスが形状を変える。

何と表現したらいいのか……アーノルド・シュワルツェネッガーが持ってそうな重火器に、メスの先端が生えているような。ヘビーマシンガンに銃剣をつけたみたいな、これまた圧のやばいやつ。

「オペを始めよう。死なないでねジローくん」

　これが初めてだった。ユミリの戦いを間近で見るのは。

　見たことがないわけじゃない。喜多村の時もユミリは獅子奮迅の戦いっぷりを示した。そもそも僕をシバき倒してる時のユミリも戦闘態勢だったし。

　でも、これは。

　いま僕が見ているユミリの戦いは。

　僕が知っているものとは、まったく別の何かだった。

「イメージだよジローくん」

　ユミリは語る。

「想像の力こそがすべてを支配する。夢の話に限らない。あわいの世界も、そしてもちろん現実も——両手両脚を振って歩けるのは、それができるというイメージがあるからだ。イメージをひとたび失えば、ただ歩くというそれだけのことがひどく困難になる。つまり文字どおりの精神論なのさ。そして言うまでもなく、精神と肉体は表裏一体でもある」

「そんなこと！　言われても！　な！」

僕は返事をするので精一杯。

一瞬にして乱戦となった今、まともな会話なんて望むべくもない。

そう乱戦だ。

クリーチャーたちが殺到して戦端が開かれた今、全方位から次々と襲いかかってくるその様はちょっとした津波に近い。僕らは大波に翻弄される木っ端のようなものだ。圧倒的な数の力を前に、侵入者たる僕らの存在はちっぽけすぎる。

……いや。

僕ら、じゃないな。ユミリはちがう。

木っ端に過ぎない身でありながら、彼女はまるで核弾頭のような破壊力を有していた。

「そお、れッ！」

ブン回した。

ユミリが手にしているエモノを。

巨大なメスが、数体のクリーチャーをまとめて両断する。

と同時。メスと一体化した重火器が文字どおり火を吹いた。

ず　が　が　が

どてっ腹から腕を突っ込んで、背骨を直に揺さぶるような、そんな重低音。

ミンチになる。クリーチャーたちが。何匹も、何十匹もまとめて。ユミリは呼吸を置かない、ミンチが塵になって消し飛ぶ前に次の標的に襲いかかる。火を吹くメス、消し飛ぶクリーチャーの津波。

ユミリは歯を剥いて笑っている。

その瞳がぎらぎらと輝き、闘争本能が全身からほとばしっている。

まるで獣だ。

それもとびきり毛並みの美しいやつ。

「機を見て前に出る」

ガトリング・メス（とりあえず名付けた）を構え直して、ユミリがこちらを見る。

「ジローくん！　遅れるなよ！」

言われるまでもない。

正真正銘ただの木っ端でしかない僕は、ユミリの動きにひたすら遅れないようにするより他にない。

しゃべるヒマもない乱戦がつづく。それにしても物量差がありすぎる。ユミリがフル回転で暴れ回っても、免疫機能の壁は容易に突破できそうにない。

ていうか僕、なんもできてないんだが？

「ついてこれるだけ上等さ」

ユミリのテレパシー。

「イメージができている証拠だ。特訓した甲斐があったね」

そうなのか？

僕自身の認識としては、金魚のフンみたいに振り回されてるだけだぞ。

ユミリがゲームで言うところの無双系の主人公とするなら、僕は良く言っても主人公にくっついてるマスコットキャラみたいなもんだ。せめて愛嬌を振りまけるなら救いがあるけど、僕じゃどうもならん。

ていうか、イメージ？

ほんとにできてんの？　僕？

「でなければとっくに取り残されているさ。できているよジローくん。君がまだ生きているという現実がそれを証明してくれる」

ガトリング・メスをぶん回しつつ、ユミリが太鼓判を押してくれるが。

まあ、さんざんユミリからシバき倒されてたから、動きのイメージはできるっちゃできるんだけど。ていうかできてなければ、こうしてついてくこともできないんだけど。電動ミキサーがフル回転してる中でダンスを踊ってるようなもんだからな、これ。

いや余裕ないんだよホントに。

もしも群がってくるクリーチャーの、牙が、爪が、ちょっとでも僕にかすったら？

イメージできるよもちろん。

千切られるか、真っ二つになるか、粉々になるか。

鮮烈にわかる。まるでもう起きてしまったことのように。

でもまあ。なんとかなってる。

このくらいの修羅場なら切り抜けられる。

このペースなら、どうにか、

「ペースを上げるよ」

おい待て。

上げるな。

ついていけんから。いや無理だって。ちょ、

「いよいしょっ、と！」

ペースが上がった。

ギアチェンジの瞬間がハッキリ見えた。

ぐんっ、と加速する。噴水のように舞い散るクリーチャーのミンチ。

離される。ユミリの背中。ぐんぐんと前へ前へ。

ぶっちぎられる。

背中が離れていく。

離れていくってことは隙間が空く。僕とユミリの間にスペースができる。

空いたスペースには何かが入る。何か、っていうかクリーチャーだ。免疫機能の化け物。

立ち塞がる。僕の前に。

ひえっ。やべぇ。

いやそれより何より。ユミリの背中が空く。

ジェノサイドマシーンと化している世界のお医者さんも、後ろから不意打ちを食らったらマズいだろう。

どうする？

どうするもこうするもない。

コンマ何百分の一の刹那。身体（からだ）が勝手に動いた。

体当たり。

ユミリの背中に一撃を食らわせようとしていた化け物に、僕は全身でぶつかった。

どんっ。

ずしゃ。

化け物が体勢を崩すのと、ユミリが振り向きざまにメスを振るうのが、ほとんど同時。

「いいアシストだ」

なおもメスを振り回しながら、ユミリが笑う。

「でもタイミングがぎりぎり。つくづく土壇場の男だね君は」

悪かったたな。

ていうかそうこうしている間にもユミリはぐんぐん前に進んでいく。まるで南極の氷を割って進む砕氷船。僕は返事をする余裕もない。どうにか両脚を回転させてユミリについていく。

両脚を回転させる——あ、これってまさにイメージの話だよな？

なんかちょっとわかった気がするぞ？

「実戦こそ最大の訓練だ」

ユミリがうそぶく。

「間近でぼくを見ているんだからわかって当然。さあもう待ったなし。急いで使い物になってくれよ？　氷川(ひかわ)アオイの元にたどり着く前にね」

そこから先はもう、めまぐるしいなんてもんじゃなかった。

切った張った、張った切った、の繰り返し。

生粋のバクチ打ちなら『命を燃やしてる実感があるぜ！』とか言いそうな場面だけど、あいにく僕にそういう趣味はない。

城門をくぐる。

城内を駆け巡る。

免疫機能は単調じゃない。白血球たるクリーチャーたちは、それぞれが一個の生命体であるかのように、ひとつとして同じモノがない。

とびきり手強（てごわ）いヤツが何匹もいた。

アメーバみたいにうねうねしてて、切っても潰しても襲いかかってくるヤツとか。

生意気にも何匹かのコンビネーションで惑わしてくるヤツとか。

あげくに触れると爆発するヤツとか。

終（しま）いには、まるで以前の喜多村（きたむら）なみにデカくて凶悪な『城の中に城が建ってる』みたいなヤツもいた。中ボスかっつーの。

それらのすべてをユミリはなぎ倒した。

僕？　邪魔はしなかったよ。足手まといにはなってなかったと思う。たぶん。

つーか、マジでキリがない。

どこまで城の内部を進んでも、後から後から邪魔なヤツらが立ち塞がる。

どうすんだこれ？

終わりがあるのかホントに？

「もうすぐさ」

ユミリが答える。

「精神と肉体の境目。現代の科学がまだ知り得ない、おそらくは脳髄のどこか。心の奥のそのまた奥。光はもちろん闇でさえ届かない自我の底が、ぼくらの到達点だ」

それは唐突にやってきた。

とびきり濃密なクリーチャーたちの群れを、相変わらず圧倒的なユミリの火力で強引に突破した次の瞬間。

目の前がパッと開けた。

空間だ。

そうとしか表現しようのない、だだっ広い隙間。

何もない。

本当に何も。たぶん空気さえも。

「着いた」

ユミリがつぶやくのが聞こえる。

ここが？

委員長の、氷川（ひかわ）アオイの、いちばん遠い場所？

あらためてその空間を僕は見渡す。

光はない。だけど明るい。

闇でもない。なのに暗い。

奇妙な場所。まるで時の流れに取り残されたような。

「ちょっと遅かったか」

ユミリの声。

めずらしく陰がある。

空間の真ん中に何かがいる。

何か、というか委員長だった。氷川アオイ。見慣れたはずの人物。

なのに彼女だとわからなかった理由は他でもない。すっかり別の何かになっていたから。

「委員長……だよな？　あれって」

「うん。氷川アオイだね」

姿形が変わっているわけじゃない。

ここへ来るまでになぎ払ってきたクリーチャーたち。あいつらはいかにもヤバそうな姿をしていた。毒をもっている毛虫のようなもんだ。見た目からしてわかる。近づいたら危ないというサインを、色や形にして表に現している。

それとは真逆だ。

氷川アオイは、何も自分を飾っていない。彩っていない。

裸だ。シンプルに。一糸まとわず、寸鉄も帯びない全裸。

いわばまったくの無防備。

それなのに。

「羽化してるね」

「……うか？」

「蛹となり、蝶となって羽ばたいたのさ。姿形は見てのとおりすっぽんぽんだけど」

すっぽんぽん。

おかしみが滲み出るはずの言い回しにも、僕はくすりとも笑えなかった。

だってヤバいだろ、あれ。

ツノが生えてるとか触手がうねってるとか、トゲトゲが出てるとか、巨大化してるとか、そういう一見してヤバい要素は何もない。

むしろキレイだ。

めっっっっっちゃくちゃ、キレイ。

もともと涼しげな雰囲気のヤツだったけど、それが行き着くところまで行った感じ。

透明感があるというか、無駄をそぎ落とした感があって——まあハダカなんだから当たり前かもだけど、とにかく、まっさら。

極限まで何かを突き詰めたっぽさが、ありありと。

でも何だろ。ヤバいんだよ。ぞっとするんだ。今の委員長を見てると。

嫌でもわかる。わからされる。

ちょっと次元が違うわ、これ。

「さて」

ユミリがくるりと踵を返した。

てことはつまり、委員長に背を向ける形になった、ってことなんだが。

え？　なぜ？

「あとは君に任せるからさ、ジローくん」

いやいや。

待って。どゆこと？

「君に特効薬の働きを期待しているからだよ。氷川アオイがこうなったのは、そもそも君というウイルスが彼女に感染したからだ。ぼくは注射器の役割を果たしたにすぎない。君をここへ連れてくるまでがぼくの仕事さ」

「……初耳なんだが？」

「言わなかったからね。ここから先は君の仕事。ぼくが肩代わりしてもいいんだけど……その場合は死ぬよ。ぼくか氷川アオイのどちらかが。まあたぶんぼくの方かな。見るからに分が悪そうだ」

ユミリでさえ分が悪い。

そんな相手を僕に？　どうにかしろと？

「ぼくは後詰め。免疫機能の相手をしなきゃならない。ほんの一時だけ今は波が収まっているけど、すぐに『精神の白血球』の軍勢がここに押し寄せてくる。二正面作戦は無理。というわけであとはよろしく」

そう言ってユミリは姿を消した。

ちょ、どこ行った？

マジで消えたぞ？　瞬間移動？

『イメージさ』

どこからかユミリの〝声〟が聞こえてくる。

『氷川アオイが見ている夢の世界はおおむね把握した。別の言葉で言い換えると土地勘ができた。チェックポイントにワープした――ぐらいの言い方をした方が、君には伝わりやすいかな？』

ああ、そういうこと。

ワープにテレパシー。まるでゲームだな。命がけの。

『君と氷川アオイの動きはある程度把握できる。必要があれば手を貸したりアドバイスしたりもするさ。それだけの余裕がもしあれば、の話だけど』

そう言って『声』は途切れた。

めでたく二人きりだ。僕と氷川(ひかわ)アオイの。

「あー……」

どうしよう。

何をどうすればいい？

特効薬の働きを期待してる？　そんなこと言われても困るぜ。

つまりそれって、いま向かい合っている氷川アオイをぶち倒せ、ってことか？

「えーと……」

いやいや。

無理があると思うな。

さっきも言ったとおり、今の委員長はマジでヤバげ。指一本でも触れたらニュートリノのレベルまで分解されそう。

「久しぶり委員長」

仕方なくあいさつした。

我ながら間抜け。でも間が持たん。

めちゃくちゃ腰が引ける。これが現実だったら、自分の流した脂汗でおぼれ死にしてる。

そして返事がない。

素っ裸の氷川アオイは、僕らがここに辿り着いた瞬間から、今に至るまでずっと、ただ薄ぼんやりと突っ立ったまま。まつげの一本たりとも動かしていない。まるで彫像。なのにこのプレッシャー。

「なんかいろいろあったよな」

「………………」

反応なし。

眼は開けてるのに何も見ていない。その瞳からは意識の光を感じない。

「いろいろあってこんなことになってる。まだちょっとしか経ってないのにさ、委員長とまともに会話するようになってから」

「………………」

反応なし。

忘我、というか、トランス状態というか。

ここにいるようでここにいないみたいな。

ここは氷川アオイという人間の、いちばん奥のそのまた奥。なんだよな？

「まさかこんな場所で委員長と話をすることになるなんてさ。まったく思ってもみなかった。事実は空想よりも奇なり、だよ。マジで」

だったらたぶんだけど、目の前にいる彼女は、彼女にとってのコアの部分――何をどう取り繕ってもごまかせない、丸裸の部分なんだろうと予想する。

ああ。それで素っ裸なのか。なるほど。

「元はといえば僕の方だったのにな、委員長を自分の夢の中に連れ込んでいたのは。——あ、やべ、言っちまった。黙ってた方がよかったかその話。現実の委員長にバレたら殺されるな……まあ今でも下手したら死ぬんだろうけど」

「…………」

「もうこうなったら言っちゃうけどさ。まあまあひどいことしてたわ。僕。夢の中に連れ込んでさ委員長を。ドレイにしてたよ。自分の言いなりにしてた。——あっ、でもホントにひどいことはしてないよ？　マジで。手は出してないから。言いなりにしてただけ」

「…………」

「とにかく度胸がないんで。夢の中でもガチで思い切ったことはできんかったのよ。笑われたよユミリにも。自分の好き勝手にできる世界でもそんなザマか、みたいに。でもよかったわ、大したことやってなくて。ガチで一線こえてたら、こうやって委員長と合わせる顔なかったと思うし。なんていうか、委員長って、ほら。あれだから」

「…………」

「あれだから、っていうのは……ほら。言いにくいんだけど。まあでも僕、委員長の家に連れてってもらったし。話題に出してもいいかな、って思うんだけど」

「…………」

「調べたよ。委員長の話。いろいろ」

「…………」

氷川(ひかわ)アオイが僕を見た。

僕はおしっこをちびった。

ただこちらに目を向けただけだ。睨(にら)んでるわけでもないし怒ってるわけでもないし、そもそも感情を何も表していない視線だ。

なのにちびった。存在のレベルが違いすぎることを、僕は本能だか直感だかで思い知ったらしい。ヘビに睨まれたカエル、の何百倍もエグい状態。

でも口は動く。

僕はしゃべる。

「委員長がひどい状況になってるのはわかった。本当のところは委員長の立場になってみないとわからんけど、でもある程度はわかったと思う。そのことについてはしゃべらない。何を言ったところで無責任なことになりそうだし。だから僕は、僕がちゃんとわかってることだけを言う」

「…………」

「委員長。僕は君のことがわからない」

なんかだんだん腹立ってきたな。こうして話してると。

僕みたいなのが何でこんなことやってんだろ。なんていうかさ、なんていうんだろ。身から出た錆(さび)？　そういやそうでした。でもさ、なんていうんだろ。

なんか腹立ってきたんだよ。

だってこんなのおかしくね？

「委員長はたぶん追い詰められたんだと思う。何がどう、ってのはよくわからん。僕はどうしたって他人だし。委員長のことなんて、いつかヒィヒィ言わせたいヤツ、ってぐらいにしか思ってなかったし。だから詳しいことはなんも知らん。僕なんぞが何やかや言える立場じゃないこともわかってる。でも言う。こんなのはおかしい」

「…………」

「知ってるか？　委員長って世界の危機なんだぜ。氷川(ひかわ)アオイが存在すると世界が危ないんだよ。いったい何が起きるのか知らんけど、まあろくなことにならんだろう。いま僕が現在進行形で体験している世界が、現実の世界を浸食するってことだろ、たぶん。委員長の見てるこの夢が現実と交わり合うんだ。そりゃまあ、マズいことになるよな」

しゃべってるうちにだんだん整ってきた。思考回路が。

思い出す。

一夜漬けで覚え込んだ、夢に関する本のあれこれ。

心の話だったり、精神の話だったり、脳の話だったり、脳内物質の話だったり。

専門用語とかはぜんぜん頭に入ってこなかったんだけど、なんとなくのあらましは理解できる。

そのあらましと現実を照らし合わせると、いくらか筋書きが見えてくる。

「まあ元はといえば僕のせいらしいんだけど。そこはホントに言い訳できないんだけど。でもさ。たぶん僕はきっかけでしかないんだ。もともと委員長はおかしかった。バランスは保ってたけど、僕程度のきっかけでバランスが狂うぐらいには。いや、そうだよな、おかしかったんだよ。委員長ってすごいヤツだったし、めちゃくちゃ高嶺(たかね)の花だったけど。浮き世離れしてたもんな。危うかった。なんならちょっと怖かった。表向きは優等生だったから気づかなかった。とっくに限界だったんだろうな、委員長は」

「…………」

「委員長。僕は君のことが知りたい」

「…………」

「君はどうしてこうなった？　こんなヘンテコな世界を創り出すようなヤツじゃ、たぶんなかったはずなんだ君は。僕は知りたい。その理由を」

「わたしは一度死んだ」

「っ!?」

うろたえた。

夢中で一方通行の会話をしてたところへ、いきなりのレスポンス。

「氷川は佐藤さんが夢の中で氷川に何をしていたのかを知らない」

委員長が続ける。

視線は相変わらずの空白。語る声は無色透明。

まるで電話の自動音声みたい。

「でもわたしは知っている。佐藤ジロー。現の世界で自覚しえないその強すぎる刺激が、わたしを目覚めさせた」

僕の気持ちが萎えかける。

耳に入ってくるひとことひとことが、まるで大口径の弾丸のよう。

「わたしは一度死んだ。姉を殺した時に。死体は何も感じない。だけど佐藤さんがおかしくした。死体は何も感じないはずだったのに。そこからはあっという間だった。そしていまこうなっている。心の持つエネルギーは強い。ほんのひとかけらの物質が核融合を起こすのに似ている。ちっぽけな存在が簡単に世界を書き換える」

強いんだよ。言葉ヂカラが。

呪力でも乗ってんのかってくらい。ずしり、ずしり、と腹に響く。

でもこれはチャンスだ。会話ができるなら、コミュニケーションが取れるなら。なんとかなるかもしれない。

「じゃあ訊くよ委員長。訊きたくないけど訊くから。言いたくないだろうけど言ってくれ。お姉さんを殺したってどういうこと？」

「そのままの意味。わたしは姉を殺した」

「いいやちがうね。委員長がそんなことをするはずがない。僕は知ってる。短い付き合いだけどそのくらいはわかる。委員長はそんなことしない」

「あなたはわたしを何も知らないはず」

「知らないけど知ってるんだよ。わかるんだよそのくらいは。何か理由があるんだろ？」

「………………」

委員長が黙った。

ものすごく古いコンピューターが、重すぎるデータを飲まされてフリーズしてしまったような、そんな様子で、そして、

「わたしは姉が好きだった」

彼女は語り始めたんだ。

「姉は優しい人だった。姉はきれいな人だった。姉は賢い人だった。姉とわたしは仲が良かった。生まれた時からずっと一緒だった。

姉は身体（からだ）の弱い人だった。わたしはとても健康だった。

姉は病気ばかりしていた。行きたいところに行けなかった。食べたいものが食べられなかった。自由にできることは何もなかった。それでも笑顔を絶やさなかった。

わたしは病気をしなかった。風邪さえ引かなかった。その気になればどこへでも行けた。調子に乗って食べ過ぎてもお腹（なか）を壊さなかった。それなのにいつも仏頂面で、味気も何もない顔をしていた。

姉の栄養分をぜんぶ吸い取ってしまったんだな、と冗談を言う人がいた。わたしはその人に石をぶつけた。

妹の身体と姉の身体が入れ替わったらいいのに、と冗談を言う人がいた。姉はその人に花瓶を投げつけた。

似てないようで似ている双子だった。周りにはいろんなことを言ってくる人がいたけど、ふたりは気にしなかった。

ふたりは幸せだった。

でも幸せは長く続かなかった。

病気が姉を蝕（むしば）んだ。姉の病気は慢性的だった。免疫が生まれつき弱かった。内臓も生まれつき弱かった。身体の何もかもが姉は弱かった。

十歳まで生きられないと医者が言った。

父と母は抗(あらが)った。精一杯働いた。それでもお金が足りない。時間が足りない。知恵が足りない。姉の世話は年を追うごとに重荷になった。父と母は素朴すぎた。姉の病気が治ると信じていた。病気を治すのは自分たちの役目だと思い込みすぎていた。姉の病気はどんどん悪くなっていった。父と母の心もどんどん蝕まれていった。

その頃のわたしはまだまともだった。宗教にのめり込んでいく両親をいっしょうけんめいに支えた。目的と手段が逆転して、両親が姉のことをないがしろにし始めても、わたしは希望を捨てなかった。

わたしは身を粉にして働いた。

両親を養った。姉の世話をした。身体を売った。家族のために自分ひとりを犠牲にするのがわたしの役目だった。少なくともわたしはそう思っていた。それがいちばん効率のいいやり方だとわたしは信じていた。

わたしは気づいていなかった。わたしはとっくにまともではなくなっていた」


委員長の、氷川(ひかわ)アオイの語りを、僕は黙って聞いていた。

背中がぞわぞわしていた。

畏怖。威圧。恐慌。夢の世界に立ち入ってからずっと感じ続けていた、そういった感情とは違う。

何か別の。強い気持ちが。いま。僕の心の奥のどこかで。くすぶり始めている。

「姉も限界だった。病と薬が姉を蝕んでいた。姉の身体のあちこちを激しい痛みが襲った。昼も夜も姉は眠れなかった。少しばかり眠れたかと思ったら痛みで飛び起きた。わたしも眠れなかった。昼も夜も姉の看病をした。だけど看病しても無駄だった。姉が苦しむのを見ているしかなかった。

父と母は帰ってこなくなった。

わたしは何日も何日も眠らずに看病した。

そしてとうとう姉がおかしくなった。

あなたなんて大嫌いだと姉が叫んだ。あなたのことが大嫌いだと。生まれてから今日までずっと、憎かったと。双子に生まれたのに風邪ひとつ引かないで健康なままでいられるあなたのことを恨んでいたと。

叫びながら姉はいろんなものを投げつけた。

タオルを投げた。

パジャマを投げた。

枕を投げた。

洗面器を投げた。

薬の瓶を投げた。

わたしの顔から血が流れ始めても姉は投げるのをやめなかった。弱り切った身体の力を振り絞ってあらゆるものを投げつけた。

何かがぷつりと音を立てて切れた。

声の限りに叫んだ。お姉ちゃんなんて大嫌いだった。

病気のお姉ちゃんがいるのがずっとつらかった。お姉ちゃんの面倒を見るのが嫌で嫌で仕方なかった。お姉ちゃんがいなかったらわたしもお父さんもお母さんももっと他の生き方ができたかもしれないのにってずっと思ってた。

わたしは叫んだ。

叫んで叫んで叫んで叫んで叫び続けた。

最後にわたしは言った。嗄れた喉を震わせた。かすれた声で絞り出した。

お姉ちゃんなんか」

そこで止まった。

相変わらず能面のような。

目を開いていながら瞳に何も映していないような。

僕はそんな委員長を黙って見ていた。

背中がずっとぞわぞわし続けていた。
言いたいことはたくさんあった。だけど今は。聞く。ちゃんと。吐き出させる。
委員長がふたたび口を開いて言った。

「お姉ちゃんなんか死んでしまえと。わたしは言った」

僕は拳を握りしめた。
言わないぞ僕は。今はがまんする。
でも見てろよ。ぜったい許さないからな僕は。
そうだ。怒ってるんだ僕は。

「そしてわたしは意識を失った。
その日のうちに姉は死んだ。
ありったけの薬を呑んで死んだ。
死んだ姉を見てわたしは壊れた。かろうじて壊れてなかった父と母もそれで壊れた。
わたしは生きたまま死んだ。
そして氷川が生まれた。

「この話はこれでお終い」


語り終えた委員長が僕を見る。

「ねえ佐藤さん」

「…………」

「佐藤さん」

「聞いてる。聞こえてるよ」

「これで満足？　あなたが知りたいことを知ることができた？」

「いや。まだ知りたいことがある」

「そう。でももう駄目」

次の瞬間。

僕は吹っ飛んだ。

風が強い日のビニール袋みたいに僕は舞い上がり、地面──と呼んでいいのかわからないけど、とにかく地べたを転がった。

頭がくらくらする。なんだ？　なにが起きた？

「時間切れ。もう駄目なのよ佐藤さん」

デカくて重たい空気のカタマリ。

そんな何かに衝突して、ダンプカーにはねられたみたいに吹っ飛んだ。ような気がする。体感では。実際は知らん。身体のあちこちに激痛。

「わたしはわたしではない何かになる。何かになってきっと世界を呑み込む。それはもう止められない。止める気もない。何もかもめちゃくちゃのぐちゃぐちゃになればいい」

腹立つなぁ。

夢の世界じゃないのかよ、ここって。

どうみても物理現象じゃんか。今さらだけど。

「だけど佐藤さん。あなたはわたしの邪魔をしようとしている。のよね？」

委員長が目の前にいた。

無様に転がっている僕の目の前。宙に浮いて。逆さまに。

いつのまに。まるでホラー。

ずどんっ、と。

またきた。衝撃。吹っ飛ぶ。舞い上がる。

ワンパターンの無様。夢の中でも頭蓋を揺らされれば脳震盪を起こす、不思議というか理不尽というか。いやもう慣れろ。いい加減。

イメージ、らしいぜ。

すべてはイメージ。いま僕が立っているここはイメージがすべて。

いやいやでもな。この場所を現実に感じてるってことは、僕がいまここにいるイメージをしているおかげであって、このイメージが別のイメージに置き換わったらどうなるんだ？　卵が先かニワトリが先か？

「わたしはあなたを知っている」

またきた。

衝撃。今度はガード。間に合った――いや間に合ってねえ。

吹っ飛ぶ。舞い上がる。転げる。二度あることは三度ある。学習能力のなさを笑いたいなら笑え。

いやでも、よし。

効いてる。ガードちょっとは間に合ってる。ダメージがさっきより軽い。

特訓の成果。血ヘド吐いた甲斐はあったってことか。イメージなのに物理。納得いかんけどどうやら真理。

「あなたがわたしを夢の中に連れ込んでいたことも知っている」

動く。

自分から。

足は使える。さんざん特訓した。逃げ足だけはちょっと自信がある。

来る、とわかってる一撃なら、避けられなくても備えられるもんだ。

来た。

デカくて重たい空気のカタマリ、みたいなやつ。

ステップ。かわす。

ずどんっ。かわしきれない。吹っ飛ぶ。舞い上がる。転げる。

だけど受け身は取れた。無理やり身体に叩き込んだテクニック。身体に、というか精神に、か。ユミリにさんざん仕込まれたからな、夢の中で。確かにイメージかも。ある程度は慣れの問題。

「佐藤さんは」

ぬっ、と。

委員長が目の前。

この瞬間移動よ。対処はできつつあっても、力量の差は埋まらない。

相手は怪物。

狂い咲きしたココロの徒花。

何を問われるのかと思えば、

「佐藤さんはわたしのことが好きなの?」

ときたもんだ。

いやいや。

付き合い始めて三ヶ月ぐらい経ってイイ感じにアツくなってきて、ところ構わず惚れた腫れたしてる恋人同士のセリフじゃん、それ。

『もちろんさハニー』

とでも答えりゃいいのか？

「わたしはサドなの」

ずどんっ。

めちゃ吹っ飛んだ。高々と舞い上がった。盛大に転げ回った。

強烈な一撃。かつてないほど。

「加虐趣味者。サディストね。わたしは佐藤さんのことを痛めつけたくて仕方ないの」

ずどんっ。

ピンボールみたいに僕は跳ねた。

血ヘドを吐きながら思った。そりゃまあSっ気はあるだろうよ。いまこの場で起きている出来事がその証明だ。そうでなくとも委員長の目つきしゃべり方。人間がこんな冷気を発するものなんだ、って僕はいつも感心してたよ。

「だけどわたしはマゾでもある。被虐趣味者。マゾヒストね。わたしは佐藤さんから痛めつけられたくて仕方ないの」

大の字になって這いつくばりながら僕は思う。

そいつは初耳だ。

マゾ？　委員長の？　どのへんが？

「こうしてる間もわたしはずっとぞくぞくしている。ほんの少し加減を間違えたら佐藤さんは木っ端みじんになる。そうなればもう現実には帰れない。そうなったらわたしはさぞかしつらいでしょう。想像するだけで泣きそうになる。たまらないわ。ぞくぞくするわ。達してしまいそうになるわ」

……なるほど。

わからんでもないか。

二面性。

まっとうに見えていた表側と、触れるだけで割れてしまう飴細工みたいな裏側と。

ふたつを抱えているのが氷川アオイ。

姉を殺して自分も死んだという『わたし』の存在。自分のことを『氷川』と呼ぶ存在。

見えてきたよなんとなく。

見えてきてもなんともできないが。

「わたしにとって佐藤さんは格好の獲物だった」

目と鼻の先。

委員長が僕を覗き込む。

逆さま。水深五十メートルを潜水する時みたいな格好。

「現実でつらくあたるほど。冷たい目で睨み付けるほど。夢の世界であなたはわたしに不満をぶつけた。虐げて思いのままにしようとした。でもぜんぜん足りない。もっとぶつければよかったのに。もっと激しく。痛めつけて。可愛がって。そうすればわたしは壊れないで済んだかもしれないのに」

勝手なこと言いやがる。

でもそうだな。僕の責任か。

委員長がおかしくなり始めたきっかけはいろいろあるんだろうけど。

引き金を引いたのは、どうやら僕だ。

何度も言うけど自業自得。

自分の尻は自分で拭くさ。

陰キャだろうとひねくれだろうと、人としてそれが最低限、ってもんだろ。

「つまりさ」

大の字になったまま僕はうめいた。

「委員長は僕のことが好き、ってこと？」

「いいえ」

委員長は否定した。

　そしてこう言った。
「あなたを愛してるの」
　ずどんっ。
　吹っ飛んだ。舞い上がった。
　だけど、転げ回らなかった。
　僕は受け身を取った。
　受け身というかなんというか。
　ろくに格闘技の経験もないヤツの言葉だからアテにしないでくれ。
　でも『イメージ』だ。なんだかできる気がしたんだ。
　事実、僕は痛みを感じていない。
　頭だって、くらくらしていない。
「……殴りながら言われてもなあ」
　まだまだ立っている。
　心も折れちゃいない。
　テンション上がってきた。
　怒りが頂点に達していた。
　そっかそっか。

愛されてるなら応えなくちゃ、だ。

一寸の虫にも五分の魂、ってやつ。


気づけば僕は。

竜の姿になっていた。


見下ろしている。何もないこの世界を。

一糸まとわぬ姿の委員長が。ミニチュアみたいにちっぽけに見える。

「いいわ」

僕を見上げて委員長が言った。

表情は相変わらず空白のまま。

「とてもいいわその姿。感じるわその姿に力がみなぎっているのが。それこそがわたしを夢の世界に呼びつけていたあなたの力なのね。イメージがつかない。あなたは何者なの？膨大すぎるわその力。どうやって身のうちに秘めているの？」

委員長の姿が消えた。

次の瞬間。

竜と化した僕の、目と鼻の先に。委員長が。

「何をしてくれるの。何を見せてくれるの」

ずどんっ。

衝撃。鼻っ面。

のけぞった。でもそれだけだ。

僕という竜、力の化身は、揺るがずそこに立っている。

僕は世界の王。

夢の世界における覇者。

他人の夢の中だろうと知ったこっちゃないぜ。無理くりだろうと何だろうと、ここまでたどり着いたからには同じ土俵だ。たぶんだけど。

「じゃあ、これは？」

ずどんっ。

衝撃。また鼻っ面。

マジかよ。浮き上がってるぞ僕。どんだけの力なんだ委員長。

「これは？」

ずどんっ。

衝撃。

吹き飛ぶ。

「これは？」

ずどんっ。

舞い上がる。

衝撃。

「これは？」

ずどんっ。

衝撃。

転げ回る。

「あは。たのしい」

委員長が笑った。

ぞっとする。死神の指先が背中を這い回った感触。

すさまじい質量のはずなんだ今の僕は。ちょっとした山ぐらいのサイズはある。それをこうも軽々と。

笑っちまうぜ。

覚醒したはずが、真の力を解放したはずが。このザマかよ。

『花開いた夢とはそういうものさ』

声が聞こえた。

ユミリだ。

『人間の持つ潜在能力は斯様(かよう)に大きい。それゆえの世界の危機。ともあれどうにかするしかない。ジローくんの手でね』

無茶(むちゃ)言うな。

僕、たぶん今でも相当にがんばってるぞ？　無事っぽいのはわかったけど。こっちにヘルプ来れないのか。このままだとヤバいぞマジで。

『ぼくは行けない。氷川(ひかわ)アオイだけじゃなくて、今は君も抑えなきゃいけないから』

どういうこった？

『大きすぎるんだよ、君たちふたりが有している夢の質量が。そのエネルギーが外の世界に漏れ出さないようにするためにも、ぼくのリソースを割かなきゃならない。単純計算で倍の労力さ。とてもじゃないがそっちまで手が回らない』

勘弁してくれ。

こちとら切り札まで出してんだ。

馬鹿げた特訓の成果は絞り出してるよ。これ以上どうしろと？

『これだけは言えるよジローくん。君はまだ本気を出していない』

声が途切れた。

そうこうしてる間にも僕はサンドバッグだ。

あっちへ飛んでこっちへ転げて。大忙しだよ。

「すごいわ」

委員長が感嘆する。

「立ち上がるのね。何度でも。最高だわ。どれだけ壊しても壊れないなんて」

どうすりゃいいんだ。

本気を出してないとか言われても困るんだが。

「だけど不愉快だわ。どうして撲ってくれないの。わたしも氷川もそれを待っているのに。ぐちゃぐちゃになりましょうよ。もっともっと。混ざり合って交わり合いましょうよ。もっともっとよ。もっとずっともっと。そうじゃないと——」

ずどんっ。

もう何回目だこれ。

「本当に壊してしまうわよ？」

もう痛みも感じない。

マヒしているのか。感覚が死んでるのか。

そもそも今この僕はまだ存在しえているのか。

混濁。泥と土のあいだ。自分が液体なのか固体なのかも自覚できない。

「いいえもう壊した方がいいわね。そうすればわたしと氷川(ひかわ)はきっと狂うでしょう。狂わなくちゃいけないわ。いいえ狂いたくなんてないわ。どうすればいいのかしら。でも仕方ないわ。だって撲(ぶ)ってくれないんだもの。壊すなんてとんでもないわ。塵(ちり)ひとつ残さずに消してしまわなければ。さあ壊れて。ぐずぐずになって消えて。いいえ生きて。もう構わないで。構って。粉々にして。やさしく頰(ほお)を撫(な)でて。ぐちゅぐちゅに潰して。ぎゅっと抱きしめて。ああ。ああ。お願い。お願い——」

『こんなものかいジローくん?』

声。

ユミリ。

『忘れないでほしいな。君は唯一、このぼくが根治できなかった病なんだよ?』

たすけて。

佐藤(さとう)さん。

刹那。

僕は理解した。気がした。

液体と固体の境目を経て、まるで自身がスポンジにでもなったみたいな。

吸収する。己(おの)が血肉にする。

見える。

現実で言うなら空気のカタマリみたいなもの。

いやそれよりはるか原初の、肌の産毛がほんの少しだけ微風にそよぐような。ほとんど第六感、気配の起こりのようなもの。

極限の中。僕はそれを確かに見た。感じた。考えるより先に身体(からだ)が動いた。

ずどんっ。

ひときわ大きな音がした。

たとえるならソニックブームに近い、空間が破裂するような。

竜の僕はあえなく吹き飛ばされる。そのはずだった。

だけど。

「あら」

委員長が初めて戸惑いを見せた。

僕と彼女の目線は今や同じ高さだった。

僕は竜をやめていた。

いつものちっぽけな僕がいた。

佐藤ジロー。ルサンチマン満載、ねじくれた根性の陰キャ。

「竜の姿をやめて元に戻ったの？　小回りが利くから？　それでぺしゃんこに潰れるのを免れた？　……いいえちがうわね。そんな単純なことじゃない。なにかしら。違和感があるわ。この感じは何かしら。何かしら。何かしら」

そして委員長は。

あらゆるものを破滅させるべく開花していた氷川アオイは。

「そう。なんだかちがうわ」

首をかしげて確かにこう言ったんだ。

「あ、あ、あなた本当に佐藤さん？」

僕の記憶はそこで途切れた。

第八話

思えばこれが最初だった。

僕が、僕自身のことを恐ろしいと感じたのは。

†

「……さて。何が起きたのかな」

ここからは僕のあやしい記憶をつなげて語ることになる。

夢の中で夢を見ているようなもんだ。

正確さに欠ける点はご容赦ください。

「消えたよ。怪物たちはぜんぶ。幻のようにね」

ユミリが言った。

巨大なメスを手にした白衣姿。

「氷川アオイも消えた。残っているのはこの歪な城だけ。それもすぐに消える。間もなくぼくたちは現実に戻るだろう。夢から覚める、というやつだ」

そこはまだ委員長の夢の中だった。

僕はユミリに見下ろされていた。

いいねえ。やっぱこいつの白衣姿は。

可憐で、優美で、そこはかとなくえっちである。

こんな女と付き合ってみたかった。いや付き合ってるわ。恋人同士っぽいことはあんまりやってないけどな。そんなことないか。やってるか。

「殺してもらうつもりだったんだ」

ユミリが言った。

僕はおどろかなかった。

「氷川アオイのことさ。喜多村トオルの時とはちがう。そうしなければ始末が付かないはずだった。氷川アオイは蕾を開き、蛹から蝶へ変わり、もはや殺す以外に術がなくなっていたはずなんだよ。黙っていたけどね。ジローくんは甘いから。ぎりぎりまで追い詰められないと君は手を下せない、そう踏んでいた」

聞いたことのない声だった。

ユミリの声が、だ。

「途中までは想定どおりだった。ぼくは確かに言ったさ、『君はまだ本気を出していない』と。だけどまさかこんな結末にするとはね。万能ならざる自分の不徳を、今つくづく感じているよ」

これまでに聞いた彼女のどんな声とも、その時のユミリの声はちがっていた。

「もういちど訊くよジローくん。いったい何が起きたんだい？　いや——」

まるで知らない誰かが、得体の知れない何かを前にした時のような。

「そもそも君は、いったい何者なんだい？」

†

それから三日間。僕は寝込んだ。

四日目。僕は氷川アオイと再会した。

とある海岸だった。

呼び出されたんだ。委員長から。

片道三時間も掛かるその場所まで、僕はのこのこ出かけていった。

委員長は海を見ていた。

波音が騒がしい海の向こうを、じっと。ひとりで。

「久しぶり」

こちらに気づいた委員長が言った。

砂浜。長い長い砂浜。

波が寄せては返している。潮のにおいがふわりと漂う。

「久しぶり」

僕は返した。

実際、ものすごく長い間、委員長とは会っていない気がした。

「佐藤さん覚えてる？」

「なにが？」

「このあいだのこと」

「覚えてるよ。委員長の夢の中に僕は入った。ユミリといっしょに。それで僕は委員長にこてんぱんにされた」

「そこから先は？」

「覚えてない。あんまり。わかってるのは、とりあえず最悪の事態にはならなかったかな、ってことだけ。だからこうして現実に戻ってきてる。委員長とも話せる」

「そうね」

委員長は頷いた。

僕は訊いた。

「君はどっち？」

「わたしの方よ」

ありがちな話だ。フィクションの世界では。

『わたし』を名乗る委員長が語るには、「その方が効率がよかった」らしい。

「だって楽でしょう？」

委員長は言った。

「まったく別な人格を一から創り出すよりも、自分のコピーを作る方が。我ながらわたしらしい発想よね」

二重人格。

だそうで。

まあそういうこともあるんだろう。世の中いろんなことが起きるんだってことを、僕は嫌というほど知っている。

氷川アオイの中に氷川アオイがふたり。

そんな顛末になった理由。今さら根掘り葉掘り聞き出すまでもないよな。

しばらく黙ってから僕は口を開いた。

「勝手なこと言っていい？」

「どうぞ」

「お姉さん、わざと言ったんじゃないかな」

「何を？」

「その……委員長のことを嫌いだとか。憎んでるとか」

「ええ。知ってる」

波打ち際に委員長は立っている。

その横顔を僕は見つめている。

「知ってたのよ。佐藤さん。最後の最後まで優しかったの姉は。だから、狂ったのわたしは。

それだけのことなの」

「……。そっか」

僕は何も言えなかった。

いったい何が言える？

崖っぷちに追い込まれた双子の姉妹。

当人たちにしかわからないこと。あるだろうさいくらでも。

「この場所ね。お墓なの」

「……お墓？」

「姉がいる場所なの。焼いた骨をね、ここに撒いた」

波音がやかましい。

空が曇って風が冷たい。

まるで世界の果てみたい。

「最後にここへ来たかった。ずっと来ることができなかったから。だから満足。心残りもない。あとは――」

「あのさ！」

たまらなくなった。

僕は持ってきた自分のカバンを開けた。

カバンの中身を取り出して言った。

「これ食べない？　一緒に」

「……？」

委員長が僕の手元を覗き込む。

ランチボックスの中身は、ラップに包まれた白米。つまりおにぎり。

「このあいだはごちそうになったから。作ってきた」

「佐藤さんが？」

「うん。死ぬほどたくさん作ってきた。初めて作ったんだよ。持ってくるのめっちゃ重かった。食べてもらわないと困る」

一度、二度。

委員長は目を瞬いた。

そしてくすっ、と笑った。

「いただきます」

僕たちはおにぎりを食べた。

世界の果てみたいな砂浜に並んで座って。

いろんな話をした。とりとめもない話ばかり。

好きな食べ物の話とか。

ジャングルの奥深くに生息している幻の猿の話とか。

いろんな話をしながら委員長は何度か笑った。

おにぎりは不味かった。

僕の人生で食べたおにぎりの中でいちばん不味（まず）かった。

委員長はそのおにぎりを、ゆっくりと、だけど本当にたくさん、食べてくれた。

「そろそろ行くわ」やがて委員長が立ち上がった。「今日はありがとう。来てくれてうれしかった」

僕も立ち上がって訊（き）いた。

「もう会えない？」

「役目は終えたから」委員長は答えた。「今こうしてるのもちょっとした奇跡。あるべき形に戻る、それだけのこと。二重人格なんてちっとも合理的じゃないでしょう？」

僕は黙った。

僕は何もできない。

かろうじて何かできるとすれば、それは夢の中でだけ。覚めてしまった夢をどうにかすることなんて、僕にはできやしない。きっと天神（あまがみ）ユミリでさえも。

「佐藤（さとう）さん覚えてる？」

「何が？」

「わたしの夢の中で。最後の最後にあなたが何をしたか。どうして今こうして現実でわたしたちが話していられるのか」

「いや……ごめん。覚えてないんだ。あんまり」

「わたしもよ。気づいたら何もかもが終わっていた。でもこれだけは覚えてる。あなたがやったのよ佐藤さん。わたしが、いい、わたしが築き上げた夢の世界をあなたが根こそぎ消したの。まるでリセットしたみたいに。消しゴムでもかけたみたいに」

「………」

「気をつけてね。あなたってたぶん、まったくルールが違う何かなんだと思う。それじゃさようなら」

委員長が背中を向けた。

「待った！」

思わず手を握った。

委員長が立ち止まる。

僕の口がひとりでに動く。

「待ってよ委員長。『たすけて』って言っただろ？　僕はまだ君に何もできてない」

「わたしはそんなこと言ってない。氷川（ひかわ）の方でしょう」

「でも――」

言葉に詰まった。

言うべきじゃないのかもしれない。でも言わなきゃ。

僕は声を絞り出す。

「でも氷川アオイはもともと君だろ？　〝わたし〟が最初で〝氷川〟がその次だろ？」

今度は委員長が黙った。

だけどすぐに彼女は微笑んで、

「あなたわかってないわ。コピーだと言ったでしょう？　同じなのよ。わたしも氷川も。オリジナルかどうかなんて問題じゃない」

「それは嘘だ」

「嘘じゃない。でも優しいのね」

そう言って委員長は。

僕のくちびるを、自分のくちびるで。そっと塞いだ。

思わず僕の手から力が抜ける。

ほんのわずかな隙。委員長がするりと離れていく。

「ちなみに処女だから。氷川は」

気まぐれな猫みたいだ、と思った。

僕から離れてくるりと振り向いた、その仕草。

甘えても懐かない。靡かない。

「可愛がってあげてね。だいじょうぶよ、氷川はやっていける。あの子はわたしより強いもの」

やっぱ嘘じゃん。

僕は思った。『氷川』の方が『わたし』より強いなら。それは『別のひと』じゃん。

こんなにたくさん笑うひと、僕が知ってる氷川アオイなはずないじゃん。

だけど何も言えなかった。

だって夢は必ず覚めるものだから。

〝ちょっとした奇跡〟は長く続かないから。

「『僕は君のことがわからない』――あなたそう言ってたわね」

それが彼女が残した最後の言葉になった。

駆け出しながら委員長は言った。

「どう？　少しはわかった？　わたしのこと」

――ぜんぜんわからないよ。

誰も居なくなった浜辺。僕のつぶやきは波音に呑まれる。

死期を悟った猫は人知れずどこかへ消える。そんな話を思い出した。

ランチボックスを抱えて僕は座り込んだ。

最後にひとつだけ残った、不味いおにぎりを齧りながら。僕は少しだけ泣いた。

†

「……で？　結局どうなったんだよ？」

不満げに喜多村がくちびるを尖らせる。

翌日。学校の教室。

久しぶりに登校した僕は、助手役を務めてくれたヤンキー幼なじみに捕まっている。

「解決した、って言われてもわかんねーし。もうちょい説明しろよ」

「解決した、とジローくんが言うならそうなんだろうさ」

口を挟んだのはユミリだ。

同じく久しぶりに登校した彼女は、僕の隣の席に陣取って、

「そうか、わかったよ、と引き下がるしかない。解決の判断を下せるのは、問題の当事者であるジローくんだけだ。それに喜多村くんも知ってのとおり、これはデリケートな話題だろう？　こんな場所で大っぴらに話すことではないんじゃないかな？」

「わかってるけど――お前に言われるとなんかすげームカツク」

「気分を害したなら謝るさ。だけどこの話はもう止（よ）そう。ぼくにとっても後味がいい結末ではなかったからね」

「だからどういう意味なんだって」

「ノーコメント。ここから先、ぼくは口をつぐむと宣言する」

「ああん？　なんだテメー自分勝手にコラ」

ガンをつける喜多村（きたむら）。

塩対応な顔で無視するユミリ。

ホームルーム前の喧噪（けんそう）。

クラスメイトたちは遠巻きに僕らの様子を気にしている。すまんねみんな。この二人がそろうと空気が悪くなるようにできてるんだよ。

まあ僕もそうなんだけどさ。空気悪くしてる原因。

ふさぎ込んでても良くない、って思ったから、無理やりにでも登校したけど。かえって逆効果だったかもしれない。

「喜多村。だいじょうぶだから」

僕はスマホをいじりながら言う。

「ぜんぶ済んでる。終わってるんだよこの話は。解決してないことは僕が責任を持つ」

「いや、だからさ。そーゆー言い方じゃわかんねっつの。ちゃんと話せって。勝手に終わったことにすんなって。つーか今回わたし、けっこー働いたんだけど？　ジローに言われていろいろ調べて回ったりしたんだけど？」

「そこはホントに感謝してる。借りはぜったい返す」

「いやそーゆーのでもなくてさぁ。友達だろ？　わたしら」

「わかってる。ハンバーガーでも食べに行こうか、今日あたり」

「えっ、マジで？　行く行くやったぜ——じゃなくてさ。いや行くけどさ。わかるだろ？　教えてくれよ気になるから。わたしだって関係者だろ今回は」

「ノーコメント」

「んあー！　もー！」

お手上げのポーズをして、喜多村は机の上にあぐらをかく。

「わたしだけ蚊帳の外かよ。ずっと休んでたと思ったら、なんか一皮むけたみたいな顔してやがるしさ、ジローのボケは。そっちの転校生もなんか神妙？　っつーか、しおらしい？　っつーか。調子狂うんだよ。元気ねーんだよ。暗れーんだって」

「ごめん」

「いーよもう。デリケートな話だってのはわかってる。こんなところで話すことじゃないってこともさ。んでもさあ……あーもー、釈然としねー」

ごめんよ喜多村。

でもたぶん、これ以上は深入りしない方がいいと思うんだわ。

まあ頼ったのはこっちだし、喜多村の言い分は筋が通ってるんだけど。でもここは僕のわがままを通させてもらう。ユミリもそれがわかってて、あまり口を出さないようにしてくれてるんだろうし。

解決してないことは僕が責任を持つ。

一寸の虫にも五分の魂、ってな。

身から出た錆、でもあるし。

――と。

教室がざわついた。

予感はあったから僕はおどろかなかった。

喜多村が「あ」という顔をした。

委員長がいた。

氷川アオイ。教室のドアをくぐって、真っ直ぐこちらへやってくる。

「久しぶり」

委員長が僕を見下ろす。

「うん。久しぶり」

委員長を見上げて僕は答える。

「あなたには」

と言って、委員長は言葉を途切れさせる。

少し下を向いて、口を開きかけて、また閉じて。

「あなたには迷惑を掛けた気がする。佐藤(さとう)さん」

「全然。それを言ったら僕の方が迷惑を掛けてると思う」

「あなたは覚えてるの？」

「いいや。何も」

「何を覚えているかも聞いてないのに？」

「そうだね。きっと夢でも見てたんじゃない？」

「…………」

委員長は目をすがめる。

ユミリも喜多村も、空気を読んでくれているのか何も言わない。

どんな顔して会えばいいんだろう、と思っていた。

今でもその答えはわからない。

ただ遠回しに僕は伝えるだけだ。

もう、このことは解決したって。

「大事なものを失ってしまった気がするの」

やがて委員長はつぶやいた。

「でもそれと同時に、大事なものが戻ってきた気もしているの。父と母が久しぶりに帰ってきたわ。毒気を抜かれたみたいな顔してね。これって偶然？　そろそろ仕事を探そうか、なんてことまで言ってたのよ、あの人たち」

「そっか。夢から覚めたんだよきっと」

「佐藤(さとう)さん何か知ってる？」

「いいや。何も」

また委員長が目をすがめた。

その瞳は絶対零度。

だけど僕はおしっこを漏らさない。

代わりに提案する。

「委員長さ」

「なに？」

「委員長って、自分のことを『氷川(ひかわ)』って呼ぶよね」

「それが何か？」

「自分のこと『わたし』って呼んでみたらどうかな」

「……なぜ？」

「なんとなく」

さすがの委員長も戸惑ったようだ。

ユミリは少しだけくちびるの端をほころばせていた。

喜多村はわけがわからない、という顔で目を白黒させていた。

「やってみるわ」

しばらくして委員長が頷いた。

「なんだかいいアイデアに思える。今の呼び方に馴染んでしまってるから、すぐには上手く行かないと思うけど。どうみても効率は良くないでしょうにね。でもなぜだか合理的な気がするの、その方が」

「ゆっくりでいいんじゃないかな。ていうか、ぜんぶ変える必要ないと思う。今の委員長だって氷川アオイなんだから」

「佐藤さん。あなたやっぱり何か知ってる？」

「いいや。何も」

「嘘つき」

そう言って委員長は僕にキスをした。

流れるように自然な動作だった。

あまりに自然すぎて、一瞬、誰もがその行為を当然のことと受け止めた。喜多村はもちろん、ユミリでさえも。

空気が凍りついたのは何テンポも遅れてだ。

「ほら。やっぱり嘘」

くちびるを離して僕を睨む。

「何も知らないなんてありえないわ、その反応で。ちっともおどろいてない」

「……まあね。委員長が氷川アオイだってことを、僕はよく知ってるからさ」

「いいわ。時間はたっぷりあるから」

つん、と。

僕の鼻先を委員長がつっつく。

「それと補習の件。今日から再開するから。放課後いつもの場所に集まること。祥雲院さんと星野さんは――まだ登校してないわね。あとで伝えるわ」

そして彼女はユミリを見る。

猫みたいに目を細めて言う。

「天神さん。あなたも来るわよね？」

言うだけ言って、委員長は自分の席に座る。

クラスメイトたちは白昼夢でも見たような顔で呆けている。

「いやいや！　意味わかんねーから！」

喜多村（きたむら）が悲鳴をあげる。

「蚊帳の外はやめて！　つーかアオイてめー！　ジローに何してくれてんだコラ！」

「……ふふ。ぼくに面と向かってケンカを売るとはね」

ユミリが歯を剥（む）いて笑う。

「新鮮な体験だ。そうか。ぼくはケンカを売られているのか。正々堂々と横取りすると、うかうかしてると危ないぞと。わざわざ警告してくれたのか。ふふ。なんだ。思いのほか楽しいなこれは。ふふ。うふふ……」

そして僕はといえば。

心臓をばくばくさせていた。

少しは格好がつけられたかと思っていたのに、けっきょくは手玉に取られてしまった。

いやはやまったく。表といい、裏といい。

僕は氷川（ひかわ）アオイのことが、この期に及んでもやっぱり、よくわからないんだな。

おかげで気分は楽になったけど。ほんの少しだけね。

「おーい。みんな席つけー」

担任の教師が教室に入ってきた。

ほとんど同時にチャイムが鳴った。

「ていうかなんだこの空気？　なんで先生は『助かったよ空気読まない人が来てくれて』

みたいな目で生徒たちから見られてんだ？　まあいいけど」

　不思議そうな顔で的確なコメントをしつつ、教師はおどろき顔で、

「おっ、天神が来てるな。氷川も久しぶりか。病気はもういいのか？　あー祥雲院と星野はまーた遅刻か。まあいい。出席取るぞー」

　ちなみに佐藤ジローも久しぶりの登校なんだけど、コメントなし。

　ま、いいですけどね。僕のポジション的にはこんな扱いでしょうよ。

　とにかくこれで一段落、はしたのかな？

　何も解決はしてないけど、

①四人の女子を口説く。

　という大目的については一歩前進、ということになるんじゃないだろうか。

　口説くようなアクションを僕が起こしたかどうかは疑問だけど、結果的には満足していいはずなんだ。ろくでもないことしか起きてないけど、せめてポジティブに捉えなければやっていけない。


「佐藤ー。佐藤ジロー」

「あ。はい」

「島村ー。島村カオリー」

「はい」

②天神ユミリのことを知る。

③僕自身の力と立場を知る。

④謎のメッセージについて注意を払う。

⑤オカンに気をつける。

課題は山積み。

むしろ事態はいっそうややこしくなってると言っていい。

それでもひとときの感傷に浸るぐらいの温情は、あってもいいはずじゃないか。

とりあえず喜多村にハンバーガー。ちょっとでも借りを返さないとな。

ユミリとデートの約束もしてる。委員長との一件で経験値は増えた、と言いたいところだけど、まったくもって参考にならないよな。天神ユミリが相手となると、どんなプランを立てたらいいのか想像もつかん。

祥雲院ヨリコ。

星野ミウ。

このふたりはどうすりゃいいんだろ。

委員長はタナボタで接触の機会を得ることができたけど——

「立川ー。立川サトルー」

「ういーす」

「手塚ー。手塚マユミー」

「はーい」

と、そんなことを考えていた矢先。

ぶるるるんっ、と。

電源を切り忘れていたスマホがバイブした。

半ば反射的に、スマホの画面を盗み見た。

やれやれ、と僕はため息をつく。

温情、短かったな。

どこの誰だか知らないが、この時間帯がお好きなようで。

「氷川(ひかわ)ー。氷川アオイー」

「はい」

「松本(まつもと)ー。松本タカユキー」

「うす」

　スマホの画面にポップアップしたメッセージは、僕が一読した瞬間にパッと消えた。

　脳裏に焼き付いたメッセージの内容はこうだ。

『目覚めの時だ』

『佐藤(さとう)ジロー。今のお前は本当の佐藤ジローではない』

†

　確定した未来に変更はあり得ない。

　これは僕こと佐藤ジローが、天神(あまがみ)ユミリを殺すまでの物語。

あとがき

『ラブコメ・イン・ザ・ダーク』とはいったい何か？

この小説にタイトルを付けるに及んで、私は悩んだ。

編集者K氏も悩んだ。

確実にこの小説は面白い。だがしかし、小説の面白さをユーザーにどうやって伝えればいいのだろうか。

この小説は心の闇を描く物語であり、闇を照らすひとすじの光の物語でもある。

もちろんラブコメでもある。青春モノと呼んでもいいだろう。いわゆるセカイ系と呼んでもいいかもしれない。ひょっとするとミステリとかサスペンスのジャンルに含まれるかも。SF的な雰囲気もまたしかり。

つまり要素が多い。ひとことで説明するのが難しい。

こういうシチュエーションで多用されるのは、いわゆる長文タイトルである。

『夢の中に現れた美少女なお医者さんが夜ごと僕を殺しています――かと思えば同じクラ

スに転入してきて僕の恋人を名乗ってるんだけど、一体どうすればいい？』

みたいな感じの。

だがテイストが合わない。もう少し重厚で、かつ誰でも一目で読めて、内容もイメージできる——そんなタイトルはないだろうか。


かくして私はこの小説を『ラブコメ・イン・ザ・ダーク』と名付けた。

編集者K氏は、決して諸手を挙げて賛成したわけではない。むしろ難色を示しさえた。

だが私は押し通した。パーフェクトではないかもしれないが、このタイトルから滲(にじ)み出(で)る奥の深さ、シンプルな美しさに、私は賭けた。

決して『ダークラブコメ』にあらず。

そのあたりのニュアンスを、この二巻に触れた読者であれば汲んでくれるものと信じる。

2022年7月某日　鈴木大輔(すずきだいすけ)

ラブコメ・イン・ザ・ダーク 2

2022 年 8 月 25 日　初版発行

著者　鈴木大輔
発行者　青柳昌行
発行　株式会社 KADOKAWA
〒 102-8177 東京都千代田区富士見 2-13-3
0570-002-301（ナビダイヤル）

印刷　株式会社広済堂ネクスト
製本　株式会社広済堂ネクスト

Printed in Japan　ISBN 978-4-04-681658-0 C0193

●お問い合わせ
https://www.kadokawa.co.jp/（「お問い合わせ」へお進みください）
※内容によっては、お答えできない場合があります。
※サポートは日本国内のみとさせていただきます。
※Japanese text only

◇◇◇

【 ファンレター、作品のご感想をお待ちしています 】
〒102-0071 東京都千代田区富士見2-13-12
株式会社KADOKAWA　MF文庫J編集部気付「鈴木大輔先生」係　「tatsuki先生」係